dear+ novel

Ousamani sasageru senyaichiya・・・・・・・・・・・・・・・・

王様に捧げる千夜一夜

安西リカ

新書館ディアプラス文庫

王様に捧げる千夜一夜

contents

illustration : Ciel

王様に捧げる千夜一夜

Ousamani sasageru senyaichiya

1

一歩足を踏み出すと、涼やかな風が頬を撫でていった。強い日差しが斜めから差し込み、巨大な二本柱の向こうには純白の回廊が続いている。

ここが、王の後宮《カマル》。

成人男性は王と側仕《そばづか》えの老人しか足を踏み入れることの許されない王宮の秘所に、アーシェはおそるおそる二歩目を踏み出した。

回廊は輝くような白の石造り、柱に絡む蔓《つる》の緑が影を落として床に繊細《せんさい》な模様を描いている。アーシェは自分の足が美しい回廊の床を汚しているのではないかと恐れ、そうっと後ろを振り返った。大丈夫のようだ。前をゆく王の側仕えナーイムから少し離れてしまい、急いで足を速める。

それにしても、まさか自分が後宮に足を踏み入れることになるとは。

厨房《ちゅうぼう》で下働きをしていたアーシェが後宮勤めになったのは、主に見た目のせいだった。

「子どもだな」

「子どもだ」

「ふむ、確かにどこから見てもアーシェは子どもだ」

昨日、いつものように厨房のはしっこでせっせと野菜の皮むきに励《はげ》んでいると、突然厨房長に呼びつけられ、アーシェは厨房長や出入り商人たちに取り囲まれて失礼な評価を受けた。背が低く、貧相な身体つきで、やたらと目が大きいアーシェは確かに実際の年齢よりはるかに幼く見える。

「わたしは子どもではありませんよ!」

アーシェは口を尖らせて、大きな声で抗議した。

「みなさん、いつもアーシェは人の二倍三倍働くとほめてくれるではありませんか!」

「そうだ、アーシェはそのへんの大人よりよほどよく働く」

「なかなか力もある」

「気働きもあるので、ナーイムさまの補佐をするにはぴったりだ」

ナーイムさまと呼ばれた老人は、ふむ、とアーシェを上から下まで眺めて観察した。詰襟《つめえり》と錦紗《きんしゃ》の飾りが身分の高さを示している。

「おまえ、口は堅いか」

ナーイムの質問に、今度はみんながどっと沸いた。

「ナーイムさま、こいつは口から先に生まれたようなやつですよ」

「面白おかしい話をさせたらアーシェの右に出るやつはいない」

「おしゃべりといえばアーシェだ」

「みなさんほんとうに失礼ですよ！　わたしは物語を語るのが好きなだけで、言ってはいけないことを言いふらしたりはいたしません！」

またしてもそんなことを！　とアーシェは両手をあげて反駁《はんばく》を試《こころ》みた。

「まあ、それはそうだな」

「おしゃべりで面白いやつだが、いらぬ噂話をまきちらしたりはせん」

ふんふん、とナーイムがうなずいた。厨房長がアーシェの頭に手を置いた。

「正直、アーシェをとられるのは痛手だが、ほかならぬナーイムさまの頼みだ。お役に立つのであれば、連れて行ってください」

「すまんな」

厨房長に礼を言うと、ナーイムは少しかがんでアーシェと視線を合わせた。

「わたしはナーイム。ラシードさまの側付きとして長年お仕えしてきた者だ。おまえにはカマルでわたしの手足になってもらいたい」

豊かな白髪やきざまれた皺《しわ》のせいで老人、と思ったが、近くで見ると肌はまだまだみずみずしい。

「ラシードさまが宦官《かんがん》を痛々しい、と嫌がられるので、ずっとおつきの女たちとわたしとでさまざま雑事をこなしてきたが、カマルはどんどん大きくなるし、わたしは見てのとおり年をとった。力仕事がこなせる子どもがほしいのだ」

「わたしは子どもでは…」

「アーシェ、男の大事なものをちょん切られたいのか⁉」

厨房長がアーシェの頭に置いていた手にぎゅぎゅっと力をこめた。後宮に、女を孕《はら》ませる可能性のある者を入れるわけにはいかない、という理屈はアーシェにもわかる。

「そんなわけで、子どものおまえを明日からカマル勤めとする。明日の昼、迎えにいくから支度をしておくように」

驚いたが、どちらにせよ下働きの身に拒否権などない。

それにラシード王の後宮に入れるのはわくわくするような冒険だ。

このマハヤーディィ王国を統《す》べる王、ラシードさまは近隣国にまで名を馳《は》せる若き名君だ。美丈夫の呼び名高く、見事な統治で国を豊かになさったと民《たみ》の人気は凄《すさ》まじい。どの家にもラシードさまの肖像画が飾られ、領地検分にお見えになると決まればその地一帯がしばらくお祭り騒ぎになった。

アーシェも王宮勤めが決まったときは「もしやラシードさまのお姿を目にすることもあるのでは」と期待していた。が、残念ながら王宮はアーシェの想像以上に広かった。厨房の下働きの身では気配を感じることすらかなわない。

しかし後宮は王の生活の場だ。考えただけでどきどきするが、逆になにかしくじれば、どんな咎《とが》めを受けるかわからない。

「アーシェ、生きて戻れよ」

厨房仲間にからかい半分、心配半分の声を受けつつ、翌日、アーシェは小さな荷物をまとめて迎えに来たナーイムのあとに続いた。


「ここが寵姫《ちょうき》さまがたの寝所《しんじょ》だ」

そこここに美しい調度がしつらえてあり、かぐわしい香りがする後宮は、しかし昼ひなかというのにしんと静まり返っていた。物珍しさにきょろきょろしていると突然ナーイムが歩く速度を落とし、アーシェはあやうく背にぶつかりそうになった。

「ここは第一寵姫のマアディンさまの寝所だ」

ナーイムが示した扉には薄衣《うすぎぬ》がゆるりと下がっている。

「第一…カマルには何人の寵姫さまがいらっしゃるのですか?」

「七人だ。今はお昼寝なさる時間ゆえ、のちにおひとりずつ紹介する」

回廊沿いに寝所の扉はそれぞれ四つあり、さらに回廊は渡り廊下でつながれて三つあった。

「一番奥の回廊がラシードさまの寝所と、われらの留《とど》まり所《どころ》だ」

おまえの寝場所はここだ、と連れていかれたのは倉庫の片隅だった。油灯《ゆとう》や寝具が与えられ、大きな荷物箱まで貸してもらえた。今までじめじめした厨房の穴倉で藁《わら》にもぐって寝ていたアーシェは目を丸くした。

「王宮に来てからきちんときちんと三度の食事がいただけるようになって感謝していましたのに、その上こんなによくしていただけるなんて……！」

信じられない、とアーシェは荷物箱を撫でた。

「夢のようです。一生懸命務めます」

寝具を抱えて感激しているアーシェに、うむ、とナーイムは目を細めた。

「とはいえ、カマルは特殊な場所だ。気軽に外と行き来できぬし、独特の空気がある。鬱々《うつうつ》としておまえに辛くあたる寵姫さまやおつきの者もいるだろうが、うまくやりすごすのも仕事と心得《こころえ》よ。しかしどうしてもうまくやってゆけぬというときには遠慮なくわたしを頼ってくるがいい」

「はい。ありがとうございます」

「さっそくだが、もうすぐ新しい寵姫さまがカマルに入られる。寝所の準備をせねばならん」

「えっ、七人もいらっしゃるのに、この上新しい寵姫さまが？」

思わず声を上げてしまい、ナーイムにじろりと睨まれた。

「しかたがなかろう」

ナーイムは小さく息をついた。

「ラシードさまにはまだお子がないのだからな」

それはアーシェのような者も知る、マハヤーディ王国の懸念《けねん》事項だ。

「非の打ちどころのないわが主君。あとはお世継ぎさえ生まれれば」

ナーイムの言葉にかぶせるように、鐘の打ち鳴らされる音がした。

「おお、ラシードさまがお帰りだ」

「えっ」

「今日はずいぶんお早いお戻りだが、ちょうどいい。おまえを紹介せねばな」

「ええっ」

遠くからちらりとお姿を拝見したり、どなたかと言葉を交わすのを耳にしたりは夢想していたが、まさか、対面を許されるとは。

「わたしの控《ひか》えだと顔を覚えていただくのだ。早く来い」

ナーイムが倉庫の戸口から回廊のほうに向かった。アーシェは慌ててそのあとを追ったが、後宮の二本柱からすらりとした長身が悠々《ゆうゆう》と歩んでくるのが目に入り、かーっと頭の中が熱くなり、足が動かなくなった。

なんと、神々《こうごう》しい。

後宮までは誰か従えていたのだろうが、豪奢《ごうしゃ》な衣装の裾《すそ》をひるがえすようにして、ラシード王は一人で歩いてくる。長身の見事な体軀《たいく》に、くっきりと刻まれた男らしくも優美な容貌《ようぼう》。長い黒髪はうしろでひとつに束《たば》ねている。

肖像画でお姿は知っているつもりだったが、まったくもって不遜《ふそん》だった。光り輝く錦糸《きんし》の織物がぴたりと似合い、腰にさした刀剣や額《ひたい》の黄金の環《わ》など、まるで生まれたときから身につけておられたようだ。

「あわわわ」

アーシェは意味のわからない言葉を発しつつ、思わずその場にひれ伏した。

「なにをしている」

いきなり足元にうずくまったアーシェに、ナーイムが驚いている。

「おっ、お許しください。わたくしのような者、とてもまともにお顔を合わせることなどできません…っ」

「馬鹿者、これからお側でさまざま用事をさせていただくのだぞ」

「ナーイム、どうした」

ひっ、と身体を縮こめていると、頭上からすばらしい美声が降ってきた。

「ラシードさま、お帰りなさいませ。今日はずいぶんお早いお戻りで」

「ああ、スルブのやつがいつもよりずいぶん早く戻ってきたので諸処《しょしょ》片がついたのだ」

「さようでございますか」

「その者はなんだ」

ナーイムは長年仕えてきたと言っていたが、それにしてもずいぶん気安く言葉を交わしている。ほんの少し緊張がほぐれ、アーシェは恐る恐る顔を上げた。

「この前申し上げておりました、下働きの子どもでございます」

「うぅわわわ」

一瞬だけラシード王とまともに目が合ってしまい、アーシェはまた意味のない声を発して丸まった。

「ふむ」

ラシード王はさして興味もない様子ですぐに歩き出した。

「この者、アーシェと申します。お見知りおきを」

「わかった」

「お召し上がりものは」

「先に湯をつかう」

「かしこまりました」

二人の声が遠ざかり、アーシェはおそるおそる顔を上げた。ラシード王は悠々と寝所に歩を進め、ナーイムがうやうやしく開けた扉の向こうに姿を消した。おつきの者らしき女たちが湯《ゆ》盥《だらい》をかついでいるのもちらちらと見える。

「はわはわはわ…」

なんと素晴らしいお方だろう。魂が抜けるような心持ちでアーシェはその場にへたりこんだ。お美しい。力強い。本当に太陽神のようだった。

あのような方にお仕えできるとは、身に余る光栄。

ようやく動悸《どうき》も鎮《しず》まり、アーシェはよろよろ立ち上がった。ラシード王の寝所の扉に向かって自然に手を合わせてしまう。直接お役にたてることはないだろうが、そのぶんナーイムさまのお力になれるよう精一杯励《はげ》まねば。

「がんばるぞ」

ふつふつと忠誠心が湧いてきて、アーシェはひとり心に誓い、うなずいた。


アーシェ、アーシェ、と鈴を転がすような声がする。

「はい、ただいま」

これは第一寵姫、マアディンさまおつきの者の声だ。

中庭で草取りをしていたアーシェは急いで腰の布で手足を拭《ふ》き、回廊に上がった。たたっと駆け参じて、マアディンの寝所の前で片膝《かたひざ》をつく。

「アーシェです。お呼びでしょうか」

「昨日のな、あの天翔《あまか》ける星織娘《ほしおりむすめ》の話の続きをマアディンさまがお聞きになりたいと」

「はい、喜んで」

アーシェが後宮勤めになって十日ほどが過ぎた。

以前はぼろぼろの衣服に腰紐《こしひも》ひとつで仕事をしていたが、後宮では下働きであっても見苦しい恰好《かっこう》は許されない、と軽くて動きやすい白の作業衣《さぎょうい》と頭に巻くターバンを与えられた。こんな服までいただいて、とアーシェはやる気十分で仕事に取り組んでいる。とはいうものの、驚いたことに後宮ではたいした仕事がなかった。

ナーイムは「厨房長の話は本当だったな」とアーシェの仕事ぶりに感心していたが、アーシェとしては「本当に子どもと侮《あなど》っておられたのだな」と少々むっとしている。

力仕事を期待されていると聞いたので張り切っていたが、今まで水甕《みずがめ》運びやずっしり重い野菜箱を運んでいたアーシェにとって、絨毯《じゅうたん》の敷き替えや大花瓶《おおかびん》の取り換えなど造作《ぞうさ》もない仕事だ。今までなら数日がかりだったという作業をこなしてしまうと他にすることもなくなり、しかたがないので中庭の手入れや池の清掃などをして過ごしている。が、あまりに楽で拍子《ひょうし》抜《ぬ》けしていた。

「語る暇《いとま》に、お部屋の壺《つぼ》でも磨《みが》きましょう」

アーシェが来た、昨日の続きを語るぞ、とさわさわあちこちの寝所から寵姫やおつきの女たちが集まってくる。アーシェは少々気恥ずかしくなり、顔をこすって仕事を求めた。

「マアディンさまのご寝所の壺をお出しください。語りながら磨きます」

「本当にアーシェは働き者だ」

茶でも飲みつつゆっくり語ればいいものを、とおつきの者に呆れられたが、アーシェはのんびりするのがどうにも性《しょう》に合わなかった。

「なにかしら手を動かしているほうが語りもうまくいくのです」

「そんなものかねえ」

こうして後宮で物語を聞いてもらうようになったのも、することもないので調度品の手入れを申し出て、無聊《ぶりょう》にまかせて「このようなお話がございます」と物語ったのが始まりだった。今ではこうしてほかの寵姫たちやそのおつきの者たちまでが耳を傾け、笑ったり泣いたり、真剣に語りを聞いてくださる。アーシェは語りが好きで、今までも厨房で皮むきをしつつ物語っては仲間に「続きはどうなる」「そのあとは」とせっつかれていた。

「今日はここまでにいたしましょう」

壺をすっかり磨き上げ、そろそろ夕餉《ゆうげ》の配膳《はいぜん》準備にかからねば、とアーシェが話を切り上げると、聞き入っていた者たちがいっせいにほう、と息をついた。

「今日も面白かった。どきどきいたしました」

「本当に。続きはまた明日聴かせてもらえるのでしょうか?」

「マアディンさま、ぜひ聴きたいですわ」

口々にせっつかれ、マアディンは鷹揚《おうよう》にうなずいた。

「アーシェ、明日もこの時刻に来るがいい」

「かしこまりました」

マアディンはラシード王の最初の寵姫で、もとは重臣の娘だったこともあり、後宮では他の寵姫たちの取りまとめ役を担《にな》っている。柔和な顔立ちだが言葉に重みがあり、人の上に立つ器量があった。おつきの者たちのいざこざや寵姫たちのもめ事も、まずマアディンが話を聞いて差配《さはい》するのが決まりのようだ。

「しかし、なぜおまえはそのように物語をたくさん知っている？」

マアディンが興味深そうに尋ねた。

「市場で使い走りをしていましたときに、さまざまな芝居を見聞きして、そのうち頭の中で物語が勝手にできあがるようになったのです」

「ほう」

幼いころから耳のよかったアーシェは、芝居小屋の外からでも台詞《セリフ》を聞き取れたし、辻芝居も仕事をしながら耳を澄ませて聞いていた。面白い芝居もあれば退屈なものもあり、アーシェは頭の中で勝手に筋を考え、話を紡《つむ》いでは楽しんだ。それをいつしか人に語って喜ばれるようになり、アーシェ自身も楽しみになっていた。

「わたしは物語るのが大好きなのです」

「そのおかげでわたくしたち、ここ数日すっかり鬱々としていた心が晴れました」

「ええ、ええ、たしかに」

こんなふうに喜ばれるのがアーシェも嬉しい。

「新しい寵姫どのはいつお見えになるのか、おまえは聞いておるか、アーシェ」

マアディンの問いに、他の寵姫たちがすっと緊張するのがわかった。

「数日のうちには、とナーイムさまからお聞きしておりますが、それ以上は」

アーシェは慎重に答えた。新しい寵姫が後宮入りすることになり、みなが緊張しているのはアーシェも肌で感じていた。

「さようか」

マアディンは気丈にしているが、他の寵姫たちは落ち着かない様子で顔を見あわせている。

「では、わたしはこれで失礼いたします」

「また明日、今日の続きを聴かせておくれ」

「明日はみなさまが気になっておられる星織さまに素敵なことが起こりますよ」

まっ、とおつきの者たちがさざめき、元気をなくしていた寵姫たちの顔色もよくなった。

「楽しみなこと」

「本当に」

ここに来てすぐ、ナーイムに「カマルは特殊な場所」だと教えられ、鬱々として当たる者もいるだろう、と心構えをするように言われたが、特にそうしたこともなく、むしろみな「アーシェ、アーシェ」と可愛がってくれる。

「アーシェ、これで菓子でも買うといい」

マアディンがおつきの者を通して包みを渡してきた。

「妾《あたくし》も、少しだけ」

「では妾も」

「ありがとうございます！」

こうして語りのあとに寵姫たちから包みをいただくのも恒例になりつつあった。最初はびっくりして「とんでもない」と返そうとしたが、妾に恥をかかせるのか、と叱られたのでそれからはありがたく頂くことにしている。ナーイムにもおそるおそる報告すると「もらっておけ」と笑っていた。

その日も夕餉の片づけをすっかり終えてから、アーシェはナーイムに「今日もこんなにいただきました」と包みを見せた。

「ありがたいことだな。おまえのおかげでカマルがずいぶん明るくなった、とマアディンさまはお喜びなのだ」

「これでいつか家が建つでしょうか」

ひびの入った壺をもらって中にお金を貯めているのを見せると、ナーイムは「ああ、きっとな」と声を出して笑った。

こうしてお金を貯めるのも、アーシェの楽しみのひとつだった。今までも使い走りをしたり、ちょっとした困りごとを助けたりして小金をもらうと大事に壺に貯めてきた。

「どれ、わたしもおまえの家を建てる助けをしよう」

硬貨を壺に落として、ナーイムはアーシェの頭を撫《な》でた。

「おまえのおかげで遅れていた寝所の準備も整った。その礼だ」

「ありがとうございます。ナーイムさま、その寵姫さまはいついらっしゃるのでしょうか」

「あと二日もすればカマルに入られる」

ナーイムは声をひそめた。

「おまえも知っているだろうが、今度来られるサーサさまは村娘なのでな、他の寵姫さまがたと違って準備が大変なのだ」

本来、国王の寵姫が身分卑《いや》しい村娘などありえないことだ。しかし背に腹は代えられぬということだな、とアーシェも察していた。

「多産で有名な村の、さらに多産の家系の生娘《きむすめ》。これが最後の望みかもしれん」

ラシード王に後継者たる子がない、というのは以前からアーシェも知るところだ。しかしそれ以上の仔細《しさい》は後宮に入ってから知った。

現在三十九のラシード王は、十八で正妃を迎えた。当時国の将来を左右する重要な婚姻で、妃は大国から嫁《とつ》いでこられたという。ただ、この政略結婚はたった二年で終わりを告げた。

もともと病弱だった正妃は子を産む前に身罷《みまか》られ、喪《も》が明けてからマアディンを寵姫に迎えた。しかし二年をすぎても子ができなかったため、さらに新しく寵姫を入れた。

兄弟の多い娘、子宝に恵まれた母の娘、祈禱師《きとうし》に多産の顕《けん》ありと選ばれた娘、とさまざまな念のもとに寵姫を迎え続け、とうとう七人もの寵姫の住まう後宮となった。しかし、そこまでしても、王にはまだ子がない。

「弟王のイズゥールさまにはもう四人もお子がいらっしゃる。いざとなれば養子とする手もあるが、邪《よこしま》な考えを持つ者がおらぬともかぎらぬからな」

ナーイムはしきりに気を揉《も》んではため息をついていた。

「お小さいころからお世話をさせていただいて、ラシードさまはわたしの誇《ほこ》りだ。しかしわたしもそろそろ年ゆえ、いつまでお側でさまざまお役に立てるか…」

「そんな、ナーイムさまはまだまだお元気ではありませんか…あっ」

アーシェが言ったそばからナーイムは回廊の端に伸びた蔦《つた》に足をとられ、派手にすっ転んだ。

2

隣国ティアカの情勢報告を聞きながら、ラシードは瞑目《めいもく》していた。

「…以上が戻った者たちからの報告です、陛下」

「陛下はやめろ」

「ではどうお呼びすれば。ここは執務室です」

スルブがわざとらしい堅苦しさで答えた。浅黒い肌に鋭い瞳が印象的で、一見寡黙《かもく》そうに見えるが、洒脱《しゃだつ》な物言いをする男だ。

「今は俺とおまえしかいないだろう」

少し前まで機密会議が開かれていた王宮の奥の執務室で、ラシードは一人居残った朋友《ほうゆう》と差し向かいで座っていた。

腕組みを解いて目を開けると、スルブは悪戯《いたずら》っぽく口の端を上げた。乳兄弟であり、ともに国を守ってきたラシードの右腕は、卓の上の地図に目をやった。

「それにしてもティアカは本当にろくな報告が出てこんな」

ラシードも卓に両手をついて、きなくさい話ばかりの隣国との国境線をにらんだ。

「前王も横暴《おうぼう》だったが、後継ぎがさらに無能でどうにもならぬ。しかも権力争いに明け暮れて施策《せさく》が定まらんのではティアカの領民が我が国に流れてくるのも当然だ」

「いっそ滅ぼすか」

スルブが地図を指で叩いた。ラシードは鼻を鳴らした。

「簡単に言うな。戦争の時代に逆戻りなど誰が望む」

ひとまず潜《ひそ》ませた間者《かんじゃ》を引き上げさせることで意見が一致し、スルブは地図を畳《たた》んだ。

「ところでラシード、ナーイムはどうだ」

「ああ、だいぶいいようだ。医者にはあと半月ばかりは無理に歩くなと言われている」

つい先日、幼いころから自分の後ろを見守って歩いていた側付《そばづ》きのナーイムが転んで足を捻《ひね》った。このくらいたいしたことはないと強がっていたが、どんどん腫《は》れて熱を持ち、医者に歩けなくなっても責任はとれませんぞと脅《おど》されてしぶしぶ療養することになった。

もっとも「そろそろこんなこともあろうかとこの者を厨房《ちゅうぼう》から借りておったのです」というやけに目の大きな子どもがいなければ無理をしていただろう。

「新しい寵姫《ちょうき》どのはどうだ」

スルブがにやりと笑った。サーサという名の村娘が後宮に入ったのは、ナーイムが足を捻った二日後だった。てんやわんやしている様子だったが、無事後宮入りを済ませ、ラシードも閨《ねや》で対面を果たした。

「あちらの具合はいいのか」

「口を慎《つつし》め」

「これは失礼」

スルブがわざと下卑《げび》た物言いをするのは照れ隠しだと知っている。スルブが本当に訊きたいのは子づくりの手ごたえだ。

「おまえだから言ってしまうが、俺が種なしなのは周知の事実だろう。今さら庶民暮らしの新しい娘など寄こしても、娘が哀れだ」

スルブが眉を上げた。

「まさかおまえ、手を出しておらんのか」

「ただでも王宮など別世界だろうに、慣れぬ言葉使いに慣れぬ衣装で震えているのをどうするというのだ」

「実に陛下らしいことでございます」

スルブは慇懃無礼《いんぎんぶれい》に言ってから、声を潜《ひそ》めた。

「イズゥールのほうはまた妃殿《きさきどの》が腹に帯を巻いておられたな」

「ああ、今度こそ男児かもしれん」

弟のイズゥールは女児ばかりだが、もう四人も子がある。さらに五人目の出産ももうすぐだ。

「俺の後継についてそろそろ本気で詮議《せんぎ》せねばならんとは思っている。あやふやなままにしておけば、ティアカのことを言っていられなくなるやもしれんからな」

「しかし、おまえはまだ三十九だからな」

スルブが唸《うな》った。

「後継を決めたあとに実子ができればさらにややこしくなるぞ」

ラシード本人はとうに諦めているが、それでも絶対にない、とは言い切れない。早急に決めても不確定事項が多いことには変わらず、悩ましいところだ。

「おまえはこのごろ少し痩《や》せたように見えるな」

執務室を出て長い廊下をともに行きながら、スルブが無遠慮にラシードを観察した。

「ナーイムも療養しておるのだ、たまには陛下も羽を伸ばしてゆっくり休めばいい」

「できるならそうしたいところだ」

「無理にでも休むのも上に立つものの務めだぞ」

簡単に言うなと苦笑して、後宮へ続く渡り廊下の手前でスルブと別れた。

二本の巨大な柱を潜《くぐ》ると、その先が後宮だ。

「ラシードさま、お疲れさまでございます」

疲れたな…と歩みを緩《ゆる》めたところで、いきなり足元から影が蠢《うごめ》いた。

「誰だ！」

思わず飛びのいて腰の刀剣《とうけん》に手をやった。

「お疲れさまでございます」

影はさらに丸まり、かしこまって同じことを口にした。

「ああ、なんだおまえか」

ナーイムの代わりにまわりをうろちょろするようになった下働きの子どもだ。名前はなんだったか…とラシードは記憶を探った。

「アーシェか」

「はいっ」

小さく丸まった影は元気よく返事をした。最初のうちはろくに口もきけない様子で緊張していたが、ようやく少し慣れたようだ。

「いちいち平伏する必要はないぞ。驚くだろう」

「申し訳ございません」

恭《うやうや》しく両手を揃えて深々とお辞儀《じぎ》をするアーシェを少々持て余しつつ、ラシードは歩き出した。アーシェが慌てて起き上がり、腰を低くしながらついてくる。

「ナーイムの具合はどうだ」

「はいっ、侍医《じい》さまが新しく調合した練薬《ねりぐすり》がことのほかよく効きまして、杖《つえ》をついてはいらっしゃいますが、今日はもうお一人だけではばかりにも行かれています」

「そうか、よかった」

「しかし無理は禁物ということで、今しばらくわたくしがラシードさまの御用をさせていただきます」

「わかった」

「なお、ナーイムさまからのお言伝《ことづて》で、見舞いはくれぐれも不要とのことです。お忙しい身に見舞いに来られるようなことがあればアーシェの伝言不十分で仕置きをするとのこと。ナーイムさまへのご伝言がありましたら、わたくしのほうからお伝えいたします」

「わかった」

妙に調子のいいアーシェの長広舌《ちょうこうぜつ》に、ラシードは苦笑した。

アーシェは妙な子どもだ。

目ばかり大きく、貧相な身体つきのくせに元気だけは人一倍で、緊張しつつもよくしゃべる。しかし不思議にうるさいとは感じない。声質のせいかむしろ耳に心地よく、聞いていると明るい気分になった。

「お召しあがりものはいかがいたしましょう」

「今日は会議の前にみなで食《しょく》した」

「ではお湯をご用意いたします。お湯加減はぬるめでよろしいでしょうか」

疲れたときにはぬるい湯がいい、と言ったのをちゃんと覚えていたらしい。働き者だと評判のようだが、それは確かだ。

「そうだな、今宵《こよい》はぬるいほうがいい」

「かしこまりました。ではお湯のあと、今夜はどちらにお渡りになられますか？」

アーシェはあくまでもはきはきと訊いてくる。

「…アーシェよ」

「はい」

「そういったことはもっと密《ひそ》やかに訊くものだ」

あっ、とアーシェは口に手を当て、失礼しました、と深々と頭を下げた。

「今夜は、どちらにおわたりに、なられますでしょうか……？」

芝居がかった密やかな声につい笑ってしまった。

「今夜は自分の寝所《しんじょ》で休む」

「では、どなたさまを、お呼びなさいますか…?」

寵姫の寝所に出向かないときには、誰かを自分の寝所に呼ばねばならない。つまり、一人寝は許されない。古くからの後宮での決まりだ。

長く続いた戦争の時代、どの国の王も暗殺を恐れて寵姫たちを盾《たて》にした。それが今も作法として残っている。ラシードにはさらに「子作り」の義務もあった。

「そうだな…」

ラシードは一人寝がしたかった。

スルブに「ゆっくり休め」と言われたが、つくづく自分は疲れているようだ。

サーサを後宮に迎え、義務感だけで二日寝所に通ったが、泣きだ さんばかりに緊張しているサーサに鼻白《はなじろ》んでなにもせずにただ眠った。が、傍《かたわ》らで身体を固くしている者がいてはどうにも肩が凝《こ》ってしかたがない。かといって他の寵姫たちともゆっくりできる気がしなかった。みな我こそ王の子を孕《はら》まん、と気合十分で疲れてしまう。

一人で眠りたい。

ただただ手足を伸ばし、ゆっくりと、深く、なにも考えずに眠りたい。

しかし、共寝《ともね》をするのは王の勤め。慣習を破ればナーイムがまた気を揉《も》むだろう。

「アーシェよ」

それはほんの気紛《きまぐ》れ、そしてあまりにかしこまっているアーシェを少しからかってやろう、という思いつきに過ぎなかった。

「はいっ」

足元で片膝《かたひざ》をついて命《めい》を待っているアーシェに、ラシードは「おまえにしよう」と重々しく告げた。

「……はい。はい?」

アーシェは一度うなずいてから怪訝《けげん》そうに顔を上げた。

「わたし?」

「そうだ」

まともに目が合い、慌てふためいてまた顔を伏せる。

「あの。ラシードさま、寝所でなにかご用をせよということでしょうか」

「伽《とぎ》だ」

澄まして答えると、アーシェは片膝をついたまま固まった。本気にしているのか、とラシードはおかしくなった。こんな貧相な男の子どもにいったいなにをするというのだ。

「おまえも湯を使え。のちに私の閨に侍《はべ》るのだ」

噴き出しそうになるのをこらえながら、一方でラシードは「いい思いつきかもしれん」と心の中でうなずいていた。誰かを横に置けば一人寝ではない。アーシェならば隣にいても気にならないし、ゆっくり眠れる。

「あまり待たせるなよ」

笑いを噛み殺し、ラシードは衣装の裾《すそ》を翻《ひるがえ》して自分の寝所に向かった。いつもはナーイムの代わりに湯の準備や寝支度の指図に走り回るのに、アーシェは片膝をついた格好のまま動けない様子だ。

「お帰りなさいませ」

「お疲れさまでございます」

寝所つきの女たちもラシードが一人で寝所に入ってきたのを「あら？」というように戸惑いながら迎えた。

「アーシェには、のちほど閨に侍るように言い遣わした。私のあとで湯に入れてやってくれ」

しれっと言い残して湯殿《ゆどの》のほうに向かうと、一瞬その場がしんと静まった。

その後押し殺した悲鳴があがったが、ラシードは素知らぬ顔でさっさと湯に浸《つ》かり、寝所の奥の閨に入った。褥《しとね》には絹の寝具が幾重《いくえ》にも敷き詰められ、柔らかな香が焚《た》きこめられている。

「やれやれ」

手足を伸ばして横になると、王らしからぬ声が出た。やはり一人が安楽だ。ここ数日はサーサの寝所で気を遣って過ごしたのでなおのことほっとした。

それにしても、あの娘はだめだ。ラシードは仰向《あおむ》けになり、片手を拳《こぶし》にして額《ひたい》に当てた。

他の寵姫はみな覚悟をもって後宮に入っているがサーサはそうではない。仔細は知らぬが、たぶん金品を積み、王の後宮に入るなど名誉なことだとかき口説《くど》かれて連れてこられている。

びくびくと身を縮めていた様子を思い出し、今さらながら哀れになった。

そろそろ子はできぬと皆にも諦めてもらったほうがいいのだろうな、とラシードはため息をついた。しかしそうなればなったでさまざまな影響があり、始末をつけねばならないことが山のように起こる。

つらつらと考え事をしていると、油灯《ゆとう》の灯《ひ》が揺らめいた。

「し、しつれいいたします…」

おずおずとした声に、一瞬、誰が入ってきたのかわからなかった。

「アーシェか」

そうだった、とラシードは含み笑いをして起き上がった。

「はい、わたくしです」

珍しく声が弱々しい。

「こちらへ」

アーシェはいつもの白い作業衣《さぎょうい》ではなく、繊細《せんさい》な刺繍《ししゅう》をほどこされた薄物《うすもの》を一枚羽織《はお》っていた。おそらく寝所つきの女たちが戸惑いながら支度をしたのだろう。ターバンをとった短い巻き髪に香油を塗られ、額に赤い飾りが描かれている。しかし化粧はしていないし、薄物の刺繍に金糸《きんし》が縫《ぬ》いこまれているだけで、腕にも胸にも光りものはなかった。急ごしらえが丸わかりで、もじもじと袖《そで》のあたりを弄《いじ》っている様子はサーサと似ている。が、アーシェはなぜかいじらしさよりおかしみが勝っていた。

「もっとこっちに来い」

「はい」

素直にうなずいたものの、アーシェはへっぴり腰で褥に上がり、柔らかものに平衡《へいこう》感覚をとられておたおたしている。色気もなにもあったものではなく、おかしくてたまらなかったが、ラシードは平静を装《よそお》った。

「あの。ラシードさま」

警戒している犬のように身構えつつ、アーシェはラシードのほうを向いた。

「なんだ」

「お話はお好きでしょうか」

「話？」

唐突に訊かれ、面食らった。

「物語です。わたくしは物語るのが得意なのです」

なにを言い出すのだ、とラシードは瞬《まばた》きをした。

「物語…女こどもの喜ぶあれか」

「町では大人の男も芝居を見ます」

ふん、と思わず鼻で笑った。大の男が芝居や物語に興《きょう》じるなど、庶民はともかく身分ある男のすることではない。

「ラシードさまはお疲れでございましょう。僭越《せんえつ》ながら一つお話をさせていただければ」

「話などいいからこっちにこい」

ラシードはアーシェの腕を取った。

「うひゃっ」

「おまえはなかなか可愛らしい」

「かっ、そん、そんなことはっ」

抵抗しようとして、アーシェはまた柔らかものに手足をとられ、逆にラシードの胸に転がり込んできた。

「ひゃあっ、もっ、もうしわけっ…」

色気はないが、じたばたしている様子は小動物のようで可愛らしい。

「しかし、そういえばおまえが来てからカマルは明るく風通しがよくなったとナーイムが喜んでおったな」

「わたくしの物語る話に、みなさん大盛り上がりなのでございますよ！　ラシードさまもきっと面白くお聞きくださると思います！　本当です！　わたくしなどをお召し上がりになっても不味《まず》くて食えたものではございません。それでしたらせめてわたくしの物語を聴いてくださったほうが、いくらかでもラシードさまの無聊《ぶりょう》をお慰《なぐさ》めできるかと存じます」

必死なのだろうが、ぺらぺらとよく舌の回ることだ、とラシードは呆れ半分感心半分でアーシェを眺めた。

「そこまで言うなら聴いてやろう。その代わりつまらなかったらそこでおまえを食ってしまうぞ」

「ひえっ」

「よし語れ」

戯《たわむ》れにアーシェの膝に頭を乗せてみたが、肉付きの悪い子どもの膝は棒きれのようで頭を安定させることも難しい。

「遠い昔。桃源郷《とうげんきょう》と呼ばれる夢のような国がございました」

アーシェが枕を取って、そうっとラシードの頭を持ち上げ、自分の膝の上に枕をあてがってから頭を乗せ直した。ちょうどいい柔らかさと高さになった。

「そこでは仙人たちがおのおの好きな暮らしを楽しんでおりましたが、あまりに平和なので少々退屈してもおり、たまに人間が訪れますと珍しがって喜び、おおいにもてなしたあと、帰りには世にも珍しい珊瑚《さんご》や真珠を土産にくれるというので、みなどこかにあるという桃源郷を目指しては旅に出るようになりました」

降ってくるアーシェの声も耳に快《こころよ》い。

「さて、ここに一人の若者がおります。名はアーシェ」

「おまえか」

「澄んだ瞳とすらりとした体軀《たいく》、さらに村一番の知恵者と評判の若者です」

「よく言った」

「アーシェも桃源郷の話を聞いて大変興味を持ちました。顔よし、頭よしのアーシェです。きっと珊瑚や真珠を持ち帰るだろう、と村のみなも大盛り上がり」

語りの抑揚《よくよう》がなんとも心地いい。明るい声と楽しげな語り口もじんわりと気持ちをほぐした。

ラシードは笑って目をつぶった。アーシェがごく自然に髪を撫でる。

「もとより村中の人気もののアーシェ。これを持っていけ、あれも持っていけ、とらくだの乳や甘い蜜《みつ》を渡され、ありがたく運び壺《つぼ》に詰めて出発いたしました。時は雨季から乾季に移り変わる一番よい時期。アーシェは相棒のロバの背にのり、桃源郷があるという西に向かって出発いたしました……」

いつ寝入ったのか、ラシードには覚えがなかった。

物語のアーシェが川を渡り、山を越え、あやしげな盗賊や不思議な姫たちと丁々《ちょうちょう》発止《はっし》しながら桃源郷を目指すのを聴いているうちに、いつのまにか一緒に旅をしている夢を見ていた。

気がつくと、朝になっていた。

アーシェはいない。閨はしんと静まり返っていた。

のっそりと起き上がると、かけられていた薄物がすべり落ちた。閨の厚い織物掛けの隙間から は白い光が洩《も》れている。久しぶりに熟睡した気がする。ラシードは大きく伸びをした。

「……ほう」

ここ数日、どんなに揉みほぐしてもとれなかった凝《こ》りが消えている。

閨の織物掛けを勢いよくはぐると、新鮮な朝の空気を胸いっぱいに吸い込んだ。

身体が軽い。頭もすっきりしている。爽快《そうかい》だ。

「おはようございます、ラシードさま」

寝所の扉を開けると、すぐに明るい声がして、アーシェがたたっと駆け寄ってきた。いつもの作業衣とターバン姿で、ラシードの斜め前に片膝をつく。

「今朝のお目覚めいかがでございましょう」

はきはきした朝の決まり文句の挨拶《あいさつ》に、ラシードはうなずいて見せた。

「久々によく眠れた」

「それはよろしゅうございました」

アーシェが嬉しそうに顔をほころばせる。

「……アーシェよ」

「はいっ」

あのあと、物語の中のアーシェはどうなるのだ？　と訊きそうになって、ラシードは咳《せき》ばらいをしてごまかした。

身分ある成人男性が物語に興じるなど、あり得ないことだ。

「あっ、朝の白湯《さゆ》でございますね？　すぐご用意いたします」

「うむ」

どこまで聴いたか……らくだの乳と甘い蜜など仙人さまがたへの土産《みやげ》にするとは笑止《しょうし》、と山で出会った商人に笑われて、アーシェが言い負かす場面、あれは痛快だった……そのあと、そうだ、ロバだ。アーシェのロバが商人のロバと間違って連れていかれるのだ。あの腹黒い商人めが、間違ったというのはぜったい嘘だな。しかし、それでロバはどうなるのだ。

「アーシェよ」

「はいっ」

いつものように卓に座って中庭の緑を眺めながらゆっくり白湯を口に含むと、ラシードは朝食のための匙《さじ》や銀皿を卓に並べているアーシェを見やった。

「今日もおまえが伽をせよ」

「はえっ？」

アーシェが奇声をあげてあわてて口をふさいだ。近くを行き来していたおつきの者たちも驚いて顔を見あわせている。たぶん、昨日早々にアーシェが閨から出てきたことで、王のちょっとした気紛れと受け取られているのだ。

気紛れなのはそのとおりだ。こんな子どもをどうこうしようなどと思うはずもない。

ただ、あの続きが気になる。

「わ、わたくし…でございますか」

「そう。おまえだ。夕食もともにしようぞ」

「それはいくらなんでも畏《おそ》れ多いことでございます！」

アーシェが大慌てで激しく首を振った。

「いくらなんでも！　いくらなんでも！」

「わかったわかった」

あまりに狼狽《うろた》えるのでラシードも鼻白んだ。

「では伽だけでいい。私が湯を使ったら、すぐにおまえも湯を使い、閨にまいれ。いいな」

「は…かしこまりました……」

「昨日の話の続きを、その、聴かないでもないぞ」

「ああ！」

アーシェがぱっと顔を輝かせた。

「なるほど！　はい、かしこまりましてございます！」

「別に、聴きたいというわけではない。物語など、偽《いつわ》りの詮無《せんな》い娯楽だ。しかしおまえがぜひにというのなら、まあ下々《しもじも》の者たちの楽しみを王として知っておくのも悪くはない」

「はい」

アーシェはにこにこしている。

「嬉しゅうございます。わたしは物語るのが大好きなのです」

少々気まずくなって、ラシードは早々に朝食にかかった。よく眠れたおかげで今日はことのほか果物が甘く、乳がうまい。

「では夜に」

支度を終えて二本柱のところまで付き従ってくるアーシェにうなずいて見せると、アーシェは片膝をついて深々と礼をした。

「行ってらっしゃいませ、ラシードさま。お帰りをお待ちしております」

「うむ」

早く帰ってこよう、とラシードは弾《はず》むような気持ちで考えた。ロバの運命と、そのあとアーシェがどうなるのかを知りたい。考えると気がはやった。

さっさとあれもこれも片づけて、夜は昨夜の続きを聴こう。

「ラシード、このごろ顔色がいいな」

スルブが卓の上の地図や差配書《さはいしょ》を片づけながらなにげない調子で言った。

例によって重臣たちが下がったあとの執務室で、二人で決定事項の精査をしたあとだった。

ラシードは「そうか？」ととぼけた。

「やはりナーイムが復帰すると安心か」

「そうだな。すっかり元気になって安心した」

うなずいたが、ラシードの顔色がいいのはそれとは別の理由だ。

ナーイムが足を痛めたことをきっかけに、アーシェを閨に呼ぶようになって十日以上が過ぎた。あの快い声で面白い物語を聴いていると心がほどけてぐっすりと眠れる。次の日は「さて今日も夜にはあの続きが聴けるぞ」と身体に力が漲《みなぎ》った。

作り話に興じることには、最初のうちは強い抵抗があった。空事《そらごと》にうつつをぬかすなぞ大の男がすることではない、と断じていただけに、なかなか今のように「さあ昨日の話の続きを語れ。姫はどうなった？」などとは訊けなかった。

アーシェも最初はラシードの内心を思いやって「わたくしなぞ召し上がらなくても面白いお話をいたします」と調子を合わせてくれていた。

「おまえがそうまで言うのなら、まあ聴かなくもない」

「はい、では昨日の続きから。姫はらくだの乳いっぱいを交換しまして」

「らくだの乳？　なんだそれは」

「盗賊から奪ったらくだです」

「奪った？　姫がか？　というか姫は無事だったのか？」

アーシェはふんふんと小さくうなずき、こほんと咳払《せきばら》いをして「洞穴《ほらあな》で姫が目覚めましたとき、縛《しば》られた両手に少しの緩みがあることに気づきました」とラシードが寝入ってしまったらしいとあたりをつけたところまで戻ってくれた。

「ふむ。その緩みはアーシェの機転だな」

「そのとおり。なにせアーシェは知恵者でございますから」

「おまけに澄んだ目をした若者だ」

「はい、澄んだ目にすらりとした体軀でございます。そのアーシェの機転で姫はなんなく脱出に成功いたしまして、盗賊どもが戻ったときにはらくだの背に乗って逃げのび、洞穴はもぬけの殻《から》。さて、一方のアーシェのほうも崖《がけ》から落ちたと見せかけて、実は事前に仕込んでおいた藁《わら》の山に飛び込んで、こちらも無事脱走に成功しておりました」

「ふむふむ」

憎らしい盗賊どもやお転婆《てんば》な姫、なにかいわくありそうな占い師など、アーシェは声音を使い分け、身振り手振りも交えて語る。どうなるのだと手に汗握り、身の上話にうっかり涙ぐみ、ラシードはすっかりアーシェの物語の世界に引き込まれていた。そしていつの間にか夢の中にいる。深い眠りと楽しい夢見を交互に繰り返して、目覚めたときには生まれ変わったように力が漲っていた。

十日も経《た》つと、いつまでも「しかたがないから聴いてやろう」という恰好をつけるほうが恥ずかしい、と思い直して「物語というのはなかなか興味深い。これからは毎晩おまえの物語を聴くことにしよう」とアーシェに告げた。

本当は、つまらないと決めつけて悪かった、と一言アーシェに謝りたかったが、王が謝罪するなどということはありえないので黙っていた。

謝ってはいけません、とラシードは幼いころから繰り返し言い聞かされてきた。

王はいついかなるときも正しい。そうでなければ人々は道に迷い、なにを信じてよいのか怯《おび》えます。ですから王位にある者はいついかなるときも謝ってはならないのです。

自分は常に正しくあらねばならない。

それが王位につく者の覚悟だ。

ラシードの父は若くして斃《たお》れ、その跡を継いでもう三十年が経とうとしていた。

戦争が終わり、地域紛争も決着がつき、この十年で国はすっかり豊かになった。しかし重圧はなくならない。むしろ他国との交渉が増え、神経を削《けず》ることは増していく一方だ。

ここ一年ほどは隣国からの流入民の問題にも悩まされ、スルブが「眠れているのか」と訊いてくることが徐々に増えた。

「快く眠り、安らぎを得ることがいかに重要なのか、俺は初めて知った」

「おまえはうまい休息を知らないからな」

スルブは常にラシードの隣にいた。今までラシードがさまざまな難局でどう闘《たたか》ってきたのか、一番よく知る男だ。

「やつれ気味で心配していたが、最近すっかり顔色もいい。安心した。ナーイムにも無理はするなと伝えてくれ」

「ああ、わかった」

ナーイムの献身はもちろんだが、今自分に一番力を与えてくれているのは下働きの語る面白おかしい物語なのだ、とは、いくら朋友にでも話せるものではなかった。ラシードは鷹揚《おうよう》にうなずき、いつものように後宮に続く渡り廊下のところでスルブと別れた。

「お帰りなさいませ」

ラシードが後宮に向かうと、いち早く帰りを見定める者がおり、二本柱をくぐると鐘を打ち鳴らす。それを聞いていつものようにナーイムが迎えに出てきた。

「お疲れさまでございました。お召し上がりものはいかがいたしましょう」

「すぐに用意してくれ。腹が減った」

「かしこまりました」

「湯のあとはアーシェを呼べ」

ナーイムはすぐには返事をしなかった。

二日ほど前からナーイムが勤めに戻っていたが、ラシードが自分の寝所にアーシェを呼ぶのは、すっかり習慣になっていた。

「ラシードさまはアーシェをずいぶんお気に召したようで」

ナーイムの口調が説教じみたものに変わった。きたな、とラシードは小さく肩をすくめた。復帰してすぐは控えていたようだが、いずれ文句をつけてくるだろうとは思っていた。

「わたしが不在なのをいいことに一人寝をなさるのではと危惧《きぐ》しておりましたが、まさか幼い男児を手ごめになさるとは」

アーシェから夜ごと閨でなにをしているのか聞いているはずなのに、わざと曲解したふりで責めてくる。

「あれがいいのだ」

面倒なのでラシードも曲解に乗った。

「今宵もアーシェを侍らせよ」

「しかし、それではサーサさまのお立場がございません」

ナーイムの語気が強くなった。

「たった数日でお渡りがなくなったとあれば、ご自分を責めましょう。ふさぎこんでしまわれるかもしれません」

「日中は他のものと楽しくやっていると耳にしたが？」

アーシェにそれとなく聞いたところ、サーサは来てしばらくは寝所でひとり泣いてばかりいたようだが、マアディンの寝所で物語るアーシェの話につられて顔を出し、他の寵姫たちと一緒に物語に泣いたり笑ったりするうちすっかり打ち解け、ここ数日は村でしていた手刺繍《てししゅう》などを始めて落ち着いた様子らしい。

「サーサは金子《きんす》でも持たせて生娘のまま村に帰したほうがいいのではないか」

ここしばらく考えていたことを口にすると、ナーイムは目を剝《む》いた。

「なにをおっしゃいますか！　というか、生娘ですと？　あの娘をカマルに入れるのに、わたしがどれだけ苦心惨憺《くしんさんたん》したのかおわかりでしょうに！」

「ああ、わかったわかった。おまえの献身はよく知っておる。ただもう少しあの者の気持ちがほぐれてからのほうがよかろうと思っただけだ。頑《かたく》なに身を固くしているものを無理に奪っては孕むものも孕まなくなる」

ラシードの言い逃れに、ナーイムはため息をつき、ついでにラシードを無遠慮にじろじろと観察した。

「なんだ」

「…まあ、わたしが療養している間にラシードさまはずいぶん顔色がよくなられました。それがアーシェの手柄なら、今しばらくあれをご寝所に遣わせましょう」

「菓子と乳も一緒にな」

このところ、褥の柔らかものに寝そべってアーシェの話を聞きながらともに甘味を味わうのがラシードのさらなる楽しみになっていた。

「ずいぶん甘やかしておいででございますね」

「なに、私も一緒に食すのだ。ああ、アーシェは蜜絡《みつがら》めの木の実を食べたことがないという。用意してくれ」

ナーイムは眉をひそめつつ、それでもかしこまりました、と引き下がった。

「失礼いたします」

食事と湯を終えて閨に入ると、しばらくしてアーシェがやってきた。昼間は作業衣とターバンで元気に働いているようだが、閨に来るときはそれらしく絹の薄物を一枚羽織り、額に飾りを入れている。

「お待たせいたしました」

高盆《たかぼん》を掲《かか》げて一礼し、褥に寝そべっているラシードのもとにしずしずと近寄ってくる。

「おまえは蜜絡めを食べたことがないと言っていたな。これがそうだ」

「あっ、やはりそうでしたか」

アーシェがぱっと顔を輝かせた。

「そうではないかと思っていました」

「食べてみるがいい」

「いいのですか……？」

わくわくした顔で高盆の上の黄金色に輝く蜜絡めの菓子に見入っているのが可愛い。ラシードは一つつまんでアーシェの口に持っていった。

「どうだ？」

反射的に開いた唇に、蜜で固めた胡桃《くるみ》の菓子を入れてやる。アーシェはびっくりした顔のまま、それでも菓子を口に含んだ。

「甘い……」

アーシェがうっとりと目を閉じた。

甘い、というだけのことが、アーシェにどれほどの感動を与えているのか、ラシードには推《お》しはかれない。

「蜜が口の中でとろけます。それに胡桃が香ばしくて…」

「旨《うま》いか」

アーシェは目を閉じて口を動かし、小さくうなずいた。

「乳も飲め」

アーシェは蜜も乳も、今まで口にしたことがなかったという。粗悪《そあく》な砂糖を固めた菓子でさえごくたまの楽しみで、初めて蜜を舌にのせたときには驚きで目を瞠《みは》っていた。

「俺はもっと努力せねばならんな」

瑠璃碗《るりわん》の乳を一口飲んでほうっとため息をついているアーシェに、つい素になって呟いてしまった。

我が国の民には、蜂蜜や乳を一度も口にしたことのない者がいる。

知識としてはもちろん知っていた。しかしアーシェに「このような高価なもの、初めてです」と目を丸くされるまで、ラシードは貧しい者の生活を肌で理解することはできていなかった。

ラシードさまの統治のおかげでマハヤーディィは豊かになった。他国に脅《おびや》かされることもなくなったし、国内の治安も安定している。

そうした声にいつしか慢心《まんしん》していたようだ。アーシェは市場で使い走りをしているところを厨房長に声をかけられ王宮に入ったというが、王宮では三度の食事がいただける、と大喜びしていたらしい。つまり、それだけ貧しい暮らしをしていたのだ。

「おまえは少し太ったようだな」

いつものようにアーシェの膝に頭を乗せると、肉付きがよくなっていて、もう枕は必要なかった。

「背も伸びたと言われます」

「そうかもしれんな」

後宮での食事のせいか、アーシェは確かに一回り大きくなった。髪や肌の艶も格段によくなり、薄物の下でちらちらと見え隠れしている乳首もほんのりと色づいている。

子どもだから、という言い訳で本来成人男性は王と側付きしか入れない後宮に例外扱いで働いているというが、今の外見では無理がありそうだ。

「薄物が似合うようになったではないか」

「本当ですか?」

アーシェは指についた蜜を舐《な》めながら、少々恥ずかしそうに自分の薄物を眺め下ろした。

「あっ」

「うん、甘いな」

アーシェの手首をつかんで引き寄せ、指を舐めた。アーシェがびっくりしている。

「今度、東方の珍しい果物を食わせてやろう。茶色の固い皮に覆《おお》われていて、剝《む》くと柔《やわ》い実が出てくる」

「そんな果物があるのですか。あっ、この前いただいた赤い果物も美味《おい》しかったです」

アーシェが思い出して唾《つば》を飲み込んでいる。

「薄い皮に歯を立てると、中から甘い汁がじゅわっと出てきて」

「気に入ったのなら俺がまた食わせてやる」

いつの間にか、ラシードはアーシェの前ではスルブといるときと同じように「俺」と言っていた。アーシェも今ではすっかりラシードに馴染《なじ》み、こうして閨にいるときは心から楽しそうに寛《くつろ》いでいる。まるで友のようだ。

「わたしはラシードさまになんのお礼もできませんので、せめてお話をいたしましょう」

「うん。昨日の続きだ。占い師はなんのためにアーシェを騙《だま》したのだ」

「はい。占い師の狙いはアーシェにくっついて桃源郷に行くことでございました。今までのいきさつで占い師はアーシェがただの若者ではないと見抜いたのです」

「ほう」

「しかしアーシェはさらに上でございました。占い師の魂胆《こんたん》などとっくに見抜いていたのです」

「なんと」

「アーシェは騙されたふりをして、姫から借りた衣装をつけますと妖しい魅力でしゃらりしゃらりと舞を舞います」

アーシェがしなをつくって腰を揺らした。膝に頭を乗せていたので。ラシードの頭も揺れる。

「どれ、どんな踊りだ」

「このように」

アーシェが両手を頭上にかかげて腰をくねらせる。わざとらしい流し目に「おお、これは色っぽい」と囃《はや》しながら、ラシードは内心ぐっとくるものがあった。

すっかり肌艶《はだつや》はよくなったものの、相変わらずアーシェは目ばかり大きく、美人揃いの寵姫たちを見慣れているラシードにとって特段どうといった容姿ではない。それなのに、胸の奥がざわめくような感覚があった。

もっと触れたい。可愛がりたい。

無邪気に笑っているアーシェを勢いにまかせて引き寄せた。

「うわぁっ」

隙をつかれてアーシェが倒れ込んでくる。びっくりしている顔がおかしくて笑うと、アーシェも顔をくしゃくしゃにして笑った。

「おまえは可愛いな」

「可愛いって、わたしは子どもではありませんよ！　あっ、でも子どもです！」

「どっちだ」

「男の大事なものをちょん切られたくはありません」

アーシェが両手で股間を押さえた。

「あるのか。男の大事なものが」

「それはあります！」

「ほう？　どれどれ、見せてみろ」

「あっ、なにをなさいます」

手を離させようとすると頑なに股間を隠す。

ふざけて閨で転げまわると心から愉快で、アーシェが口をあけて笑っているのを見ると愛《いと》おしくてならなかった。

「ふむ、あったぞ」

「あっ」

薄物の中を戯《たわむ》れに探ると、アーシェが真っ赤になった。

「柔く小さいな」

「いっ、いくらラシードさまでも失礼ですよ！」

耳まで赤くなって抗議するアーシェに、もう少しで「すまん」と謝ってしまいそうになった。

王が謝るなど、ありえないことだ。しかもこんな下働きの者に。

「男のものとはこうだ」

代わりに自分の前を広げ、アーシェに触れさせた。ただの悪ふざけのつもりだった。

アーシェが目を瞠った。

「お、お、おおきい」

アーシェの手に触れられて、ぐんとそこが反応してしまい、ラシードのほうが慌てた。こんな子ども相手に、と思ったが、このところ肉付きのよくなったアーシェはとっくに「子ども」ではなくなっている。

「大人のものとはすぐにこうなるのだ」

このところアーシェと過ごしているので知らず知らず熱が溜まっていたようだ。

内心の動揺を隠して、ラシードは鷹揚に笑ってみせた。アーシェはへどもどしながら手を引っ込め、自分の薄物を直している。珍しく拗《す》ねた様子だ。

「アーシェ」

「はい」

口を尖らせているアーシェに、ラシードは「機嫌を直せ」と抱き寄せた。

「べつに、いじけてなどいませんよ」

アーシェがもじもじ薄物の裾を引っ張る。

「いじけていたのか」

「だって、ラシードさまが、柔く小さいなどとおっしゃるから…」

「気にしていたか」

まだつぼみの形をしていたものを思い出し、ラシードはつい笑ってしまった。やはりアーシェは可愛らしい。

「大人になればおまえも俺のようになる。さあ、それより話の続きを聞こう。妖しい踊りを踊ったところからだ」

「はい」

アーシェは素直に気を取り直し、「このように舞を舞い…」としなしなと腰をくねらせて話の続きにかかった。ラシードは横になって片手で頭を支え、片手で菓子をつまんではアーシェ

の身振り手振りの物語を楽しんだ。

一生懸命語っているアーシェは目がきらきらしていて、心底自分の語りを楽しんでいるのがわかる。そしてそれを聞いているとラシードも安穏《あんのん》としていられた。

こんなふうに心休まるひとときは、いつ以来だろう……。

ラシードは手を伸ばしてアーシェの薄物の裾にそっと触れた。

本当に、アーシェは可愛く、そしてたまらなく愛おしい。

3

アーシェ、とナーイムの呼ぶ声がする。

「はいっ、ただいま」

中庭の手すりをせっせと磨《みが》いていたアーシェは、急いでナーイムのもとに急いだ。

「お呼びでしょうか、ナーイムさま」

「うむ」

足の怪我はすっかり治り、ナーイムは以前同様、四方八方に目を配り、後宮を差配《さはい》している。

ナーイムの不在中は口頭《こうとう》で指示されたことを代理でこなしていたが、わからないことだらけだったのでナーイムが復帰してきてアーシェは心底ほっとしている。

「こちらへ」

ナーイムは人気《ひとけ》のない倉庫のほうにアーシェを連れて行った。寵姫《ちょうき》たちの昼寝の時間で、後宮はしんと静まり返っている。

「ラシードさまのことなのだがな」

いつも歯切れのいいナーイムが、どう切り出そうかと迷いながら口を開くのがわかった。

「おまえを夜伽《よとぎ》に呼ぶようになって、ラシードさまはお顔色がよくなられた。ずっとお疲れのご様子だったのがわたしも気がかりだったので、安堵している」

「はい」

「だがな、毎夜毎夜おまえをお呼びになると、他の寵姫さまがたの立つ瀬がなかろう」

ナーイムの言いたいことはアーシェも理解できた。が、実際のところ、ラシードがアーシェを呼ぶことについて、寵姫たちはむしろほっとしている様子だった。誰もそうしたことを口にしたわけではなかったが、空気で感じる。アーシェが小さく首をかしげると、ナーイムはため息をついた。

「確かにな、寵姫さまがたは今宵《こよい》はどなたの寝所《しんじょ》にお渡りになるのか、どの寵姫どのをお呼びになるのかで心労が絶えなかったであろうから、毎夜アーシェと決まっておれば、それはそれで心穏やかでいられるだろう。おまえは万が一にもラシードさまのお子を孕《はら》むわけでもないしな」

「ナーイムさま、ラシードさまはただわたしに物語らせてはからかって、それで面白おかしく過ごしているだけでございます。それはナーイムさまも、寵姫さまがたも、ご存じではありませんか」

「わかっておる」

しかしな、とナーイムはアーシェと視線を合わせた。

「ラシードさまはお世継ぎがない。これがどういうことなのか、おまえにはよく呑み込めていないようだ。ラシードさまの弟君、イズゥールさまの妃がもうすぐ五人目のお子を出産なさること、おまえは承知しているか？」

「いえ、存じません」

宮廷内の身分ある方々の細かな近況など、下働きの者たちにまで伝わらない。

「イズゥールさまにはもう四人もお子がいる。みな姫君だが、次こそご子息かもしれん」

ナーイムが気を揉《も》んでいる理由が、やっとアーシェにもおぼろげにわかってきた。

「ラシードさまはまだまだお若いし、諦めるのは早すぎる。多産の家系のサーサさまならば孕むことができるかもしれん。月のものを計算すると、今宵は特に孕みやすい日らしいのだ」

ナーイムは真剣な目でアーシェを見つめた。

「ラシードさまはおまえを気に入っておられる。サーサさまのところにお渡りになってほしいとおまえから頼んでほしいのだ」

「で、でもわたしなどがラシードさまに…？」

僭越《せんえつ》では、とたじろいだが、ナーイムは懐《ふところ》から包みを出し、アーシェの手に握らせた。

「おまえの壺《つぼ》に足すがいい。わたしの頼みを聞いてくれれば、さらにこの倍をやろう」

「そんな」

包みはずしりと重く、アーシェは慌てて返そうとしたが、ナーイムは「とっておけ」と押し返してきた。

「頼んだぞ、アーシェ」

ナーイムは否《いな》を言わさず、すばやく裾《すそ》を翻《ひるがえ》した。アーシェはただ去っていく背を見送ることしかできなかった。

ラシード王に子がないこと、それがマハヤーディの唯一の弱点だ、ということはアーシェももちろん承知していた。だが、高貴な方々の都合や思惑など、自分などには関わりのないことだ、とあまり深く考えたことがなかった。

ずっしり重い包みをそっと開いてみると、中には思いがけなくたくさんの硬貨が入っていた。こんなにたくさん、と驚き、怖くなった。

ラシードさまにわたしなどが指図がましいことを口にするなんて、と考えただけでそら恐ろしい。毎夜褥《しとね》に侍《はべ》って楽しく過ごしてはいるが、だからといって過ぎた口をきこうと思うほど身の程知らずではないつもりだ。

しかし、ナーイムは真剣だった。アーシェは包みを手に途方に暮れた。

サーサさまのところにお渡りになってください、とラシードさまに申し上げる……。

想像してみて、アーシェはなんだか沈んでしまった。わたしなどが、という恐れがましい気持ちが一番だが、それだけではない。

サーサさまのところにお渡りになったら、ラシードさまは我に返ってもうわたしのような者を寝所に呼ぼうなどと酔狂《すいきょう》なことはなさらないかもしれない。

自分勝手な考えだが、それはさみしい、というのがアーシェの本音だった。

ラシードに初めて「伽をせよ」と命じられたときは、意味がわからず大混乱した。からかわれているに違いないと思いながら、一方で市場で使い走りをしていたころのことを思い出した。怪しげな宿に何度も行かされ、「世の男の好みとはさまざまなのだなあ」と驚いたものだ。見目麗《うるわ》しい若い女が人気なのはもちろんだが、中には醜女《しこめ》こそが好みという男もいれば、年を重ねた柔《やわ》い肌が安らぐという男もいて、そして男を求める男も、確かにいた。

いやいやまさかラシードさまが、と思ったが、寝所つきの女たちも半信半疑で「ひとまず薄《うす》物《もの》でも着てご機嫌伺いをしておいで」と支度をしてくれ、アーシェはおそるおそる寝所に入った。そして一晩、物語を語った。

結局、やはりただからかわれていただけだったが、ラシードはアーシェの苦し紛《まぎ》れの「物語をお聴かせしましょう」という提案に乗ってくれ、はからずもそれを気に入ってくれた。

毎晩寝所に呼ばれ、物語を語るのはアーシェ自身も心躍《おど》るひとときだった。国王ラシードさま、と思うと緊張で身が縮《ちぢ》む上に、ラシードは恐ろしいほどの美男だ。美しい眉目《びもく》に力強い瞳、唇は蠱惑的《こわくてき》で、体躯《たいく》も非の打ちどころのない優雅な男性美に溢れている。

閨《ねや》に呼ばれて行き、ラシードの姿を目にするたび「このようなお方のそばにいていいものか」と慌ててしまうが、親しげに「アーシェ、さあ来い」と手招きされ、物語を語りはじめるとあっという間にそんな畏《おそ》れなど忘れてしまう。気安く触れ合い、ふざけて転げまわり、心の底から笑い合った。

「どうした、アーシェ。今日はなにやら元気がないが」

その夜、いつものように高盆《たかぼん》を掲《かか》げて「失礼いたします」と寝所に入っていくと、ラシードが怪訝《けげん》そうに眉を寄せた。

「そ、そうでしょうか」

自分では普通にしているつもりだったので、ラシードの指摘に動揺した。

「どうした。体調でも悪いのか?」

ラシードはわざわざ自分から褥を下りてアーシェに近寄った。高盆をアーシェから受け取ると卓に置いて「熱でもあるのか?」と心配そうに額《ひたい》に手を当てた。とたんに顔がかーっと熱くなり、本当に熱が出たのかと慌ててしまった。

「具合が悪いのか? 無理をするな」

「そ、そうではありません」

ラシードに褥のふちに座らされ、アーシェは突然胸が重苦しくなった。

今宵はサーサさまのところへお渡りください。

そう言わねばならない。でも、言いたくない。

「どうした？」

心配そうに顔をのぞきこんでくるラシードに、慕《した》わしさが溢れて止まらなくなった。

「冷たい水でも飲むか？　それとも滋養のつく乳のほうがいいのか」

「わたしなどに、そのようにお気遣いなさらないでください」

声が固くなり、ラシードがさらに眉を寄せた。

「やはりいつもと違う。無理をするな。少し横になるがいい」

「そんな、と、とんでもないことです」

慌てて首を振ると、ラシードはアーシェの背を優しく撫でた。誰かにこんなに優しくされたのは、久方ぶりだ。アーシェはどきりと目を見開いた。

昔は友達と遊んで怪我をしたり、風邪をひいて寝込んだりすると母や祖母、弟妹たちが「アーシェ、どうした」と心配してくれた。

すっかり忘れていたはずの昔の記憶に、つんと鼻の奥が痛くなり、アーシェは慌てて顔をそむけた。

「ラシードさま、きょう、今日…今宵、は、サーサさまのところへお渡りください」

早く言ってしまわねば、とアーシェは自分を叱咤《しった》して一息に告げた。

「——なに？」

ラシードが驚いている。アーシェはラシードのほうに向き直り、深々とお辞儀《じぎ》をした。

「どうぞ、サーサさまのところへ。ご寝所でお待ちでございます」

ラシードは虚《きょ》を突かれたようにアーシェを見つめた。

「——なぜおまえがそのようなことを言う」

「さ、指図がましいことを申しわけございません！　ですが、ナーイムさまがご心痛なのです。ただ命じればすむことを、壺に足せとたくさんお包みくださって……」

ラシードが不機嫌に眉を寄せている。こんな顔をされたのは初めてで、焦って自分が何を言っているのかもよくわからなくなった。

「壺？　包み？　なんのことだ」

「わ、わたしはお金を壺に入れて貯めているのです。壺がいっぱいになったら故郷に自分の家を建てようと…そ、それがゆ、夢で」

ラシードの目がどんどん険《けわ》しくなり、アーシェはすうっと体温が下がっていくような錯覚《さっかく》を覚えた。

「壺に、金を貯めているのか」

「は、はい」

「故郷に帰って家を建てるためにか」

「はい」

「持ってこい」

「え?」

「その壺を、今すぐここに持ってこい」

意味がわからず戸惑ったが、ラシードに「早くせんか!」と厳しく言われて、アーシェは慌てて寝所を飛び出した。

あんなに優しかったラシードさまを怒らせてしまった。差し出がましい口をきいたからだ。わたしのような者が、ラシードさまに指図するなど身の程知らずもいいところだ。

今さら激しく後悔して、アーシェは泣きそうになりながら倉庫の隅の自分の寝床から大事にしまってある壺を取り出した。

ひびの入った粗末な壺は、まるで自分のようだ。生意気だと思われて、きっともうわたしなどお払い箱だ。

涙が出るのを我慢して、アーシェは走って戻った。

「ラシードさま」

腕組みをしているラシードに壺を両手で差し出すと、とうとうぽたっと涙が床に落ちた。ラシードは無言でひびの入った粗末な壺を一瞥《いちべつ》した。

「その壺がいっぱいになったら、おまえは家を建てるために故郷に帰るつもりだったのか。そして私にはサーサのところへ行けと言うのだな」

「おっ、お許しください」

ラシードはいきなり壺を取り上げた。

「あっ」

「これは返さぬ」

「ラシードさま！」

驚いているアーシェを置いて、ラシードは大股で寝所を出て行った。足音が高く響き、遠ざかっていく。足から力が抜け、アーシェはその場にへたりこんだ。

「ラシードさま」

足音が消え、呆然としていたアーシェはぎゅっと目をつぶった。涙が足に落ちる。

「ラシードさま……」

うう、とみっともなく声をあげ、アーシェは床につっぷして泣いた。もう終わりだ。

毎夜、アーシェの物語を聴いては感心したり笑ったり、ときには囃《はや》し立てたり合いの手を入れたりしてくださった。マハヤーディ王国の君主だということも忘れて、ともに閨で笑い転げ、ふざけあった。

そしてそんなふうに愉快に過ごしたあと、ラシードが寝入ってしまったのを見届けて柔らかものをそっとかける。

初めの頃は疲れのにじんだ寝顔だったのが、「おまえの話を聞くと愉快でよく眠れる」と言うようになって、本当に少しずつ顔色がよくなり、アーシェはそれも嬉しかった。

「アーシェ、いかがした」

果物や菓子が乗ったままの高盃を持ってふらふらと寝所から出ると、離れたところに佇《たたず》んでいた影が近づいてきた。ナーイムだ。

「これをお下げしております」

アーシェは高盃を持ち上げて見せた。一度泣いて箍《たが》が外れたのか、またぽろぽろ涙が落ちた。

「どうした」

ナーイムが驚いてアーシェの手から高盃を取り、床に置いた。

「ラシードさまにお渡りを願ってくれたのだな。今、サーサさまのご寝所に入って行かれたぞ」

アーシェは両手の甲で交互に目をこすった。

「ラシードさまを、お、怒らせてしまいました。わたしの壺を、持っていかれて」

「壺を?」

「お金を、貯めていた壺です」

「ラシードさまが? なぜまたおまえの壺などを」

わかりません、と首を振ると、ナーイムは「もう泣くな」と袂《たもと》から布を出した。

「ラシードさまはおまえを気に入っておいでだったからな。おまえと楽しく過ごそうと待っていたのに水をさされたように思われたのかもしれん。だが大丈夫だ。サーサさまの寝所に入って行かれたのだから、おまえの真意はわかっておられる。しかし、怒って壺を持っていかれるような八つ当たりをなさるとは、なにやら昔のやんちゃだったラシードさまが懐かしく思い出されるな」

ほら、と鼻をかんでくれ、ナーイムは懐かしそうに目を細めた。

「わたしはお小さいころから側付《そばづ》きをしているが、昔は本当に気性が荒くて手を焼いたものなのだ。先代王がお亡くなりになり、即位なさっていつのまにか今のような品位を身につけられたが、お小さいころはご自分の興味あることは譲《ゆず》らず無茶をされるし、負けず嫌いでスルブとはいつも取っ組み合いをなさって、お怪我をなさらぬかとどれだけはらはらさせられたか。したが母君を亡くされたときに弟君のイズゥールさまが内気なご気性だったのもあってずいぶんご憔悴《しょうすい》なされてな、それをラシードさまが懸命にお慰めになったものだ。気性は激しいが、同じくらい心優しいお方なのだ。きっと明日には機嫌を直される。気に病《や》むな」

ナーイムが慰めてくれる、そのことに慰められて、アーシェは少しだけ落ち着いた。

「おまえの大事な壺も、わたしが折を見て必ず返していただくゆえ、安心するがいい。さあ、もう今夜は寝《やす》め」

ナーイムに労《いた》わられて、アーシェは高盆を片づけると、とぼとぼ倉庫の奥の自分の寝床に引っ込んだ。

綿《わた》の入っている寝具があり、油灯《ゆとう》がある。こんなにちゃんとした場所で安心して眠れるというのに、これ以上なにを望むことがあるだろう。

わたしはいつの間にか思い上がっていた。このままずっとラシードさまと楽しく過ごせたら、などと大それた夢を見ていた。

湿った寝具にくるまって、アーシェはまた少し泣いてしまった。

サーサさまのところにお渡りになった、というナーイムの言葉が、いつまでもいつまでも胸に刺さって痛かった。


翌朝目覚めると、アーシェはゆっくり起き上がり、しばらく目を伏せてじっとしていた。

倉庫の重い扉の隙間から白い日差しが入ってくる。

自分のすることをきちんとしよう。

ともすれば落ち込んでしまいそうになる自分を、アーシェはあえてそっとしておいた。こういうときに無理に元気を出そうとしても、どうせ続かない。落ち込む自分はそのままにして、目の前のことをきちんとやるのが一番いいと経験で知っていた。

「アーシェか」

「マアディンさま。おはようございます」

朝餉《あさげ》の準備のために回廊を通ると、思いがけず第一寵姫《ちょうき》のマアディンがひとり中庭に佇んでいた。

「お一人で、どうなさいましたか」

マアディンは夜着に薄物を重ねただけの姿で、明けて間もない空を見上げていた。群青《ぐんじょう》が薄らいで、まだ星がいくつか取り残されている。

「少し早く目覚めてしまった。おまえは毎朝早いのだな」

「はい、朝餉の準備がございますので」

「アーシェ」

失礼いたします、と行こうとすると呼び止められた。マアディンは珍しくためらうように少し言い淀《よど》んだ。

「…昨日、ラシードさまはサーサさまのところにお渡りになったのか?」

「あっ、は、はい」

どきりとして、声が上ずった。

「さようか」

マアディンは「なんとなく、そんな気がした」と薄く笑った。

「あの、マアディンさま」

胸の内側で膨《ふく》らんでいた鬱屈《うっくつ》が、唐突に口から飛び出した。

「もしサーサさまがご懐妊《かいにん》なさいましたら、マアディンさまは心からお喜びになられますか？」

考えないようにしていたのに、口にしてしまったら自分が身の程知らずにも嫉妬しているのだと思い知らされた。

マアディンは大きく目を瞠《みは》った。

「そんなことを妾《あたくし》に訊くとは、おまえはラシードさまに可愛がられて、少しいい気になっているのではないか」

「も、申し訳ございません！」

アーシェは慌てて頭を下げた。自分はまたなんということを、と顔から火が出そうだ。

「お恥ずかしいことです。あまりにラシードさまがわたしの語りを面白がってくださるので、マアディンさまのおっしゃるとおり、いつの間にか思い上がっておりました」

泣きそうになって、声が震えた。マアディンは少し間を置き、声を出して笑った。

「アーシェは本当に素直でよい」

「いいえ、愚《おろ》かなのです」

アーシェは恥ずかしさに縮みあがりながら首を振った。

「まあ、あれだけ可愛がられたら、それはいい気にもなろうよ。本当にラシードさまはアーシェが可愛くてならないようだからな。妾はむしろそれを鼻にかけるようなそぶりもなく、昼間は以前と変わらずせっせと働くおまえに感心しておったわ」

マアディンが中庭から回廊に上がってきた。手を差し出して助けると、マアディンは階段の一番上に腰を下ろし、アーシェの手を逆に引いて隣に座れ、と促《うなが》した。叱られるのだろうと覚悟して、アーシェはマアディンの隣に膝を揃えて座った。マアディンは唇の端を持ち上げて小さく笑った。

「嘘偽《いつわ》りなく言えば、サーサさまが懐妊なされば、妾は嫌な気持ちになるだろう」

叱責《しっせき》の代わりに、マアディンはアーシェの失礼な質問に答えた。アーシェは驚いて顔を上げた。マアディンは第一寵姫の誇《ほこ》りをもって背を伸ばしていた。

「けれど、このカマルにいる寵姫たちはみなラシード王を心から敬愛している。王の幸福を願っているのも本心だ」

「マアディンさま…」

考えてみれば、マアディンとやりとりするときには必ずおつきの者を介すので、こんなふうに二人きりで話をするのはこれが初めてだ。アーシェも今さらながら緊張して背筋を伸ばした。

「おまえはいつから王宮に入った？」

「ほんの二年ほど前です」

マアディンは「さようか」とうなずいた。

「おまえがどこまで知っているのかわからぬが、マハヤーディが今のように安定する前、ラシードさまは政略結婚で正妃《せいひ》さまと婚姻なさった。妾は今のおまえくらいの歳だったが、嫁《とつ》いでこられた正妃さまのことはよく覚えている。生まれつき足が不自由だった上にご病気で、顔に痘痕《あばた》がたくさんあった。未熟だった妾は、美男の呼び声高いわが君が、いくら大国の姫とはいえあのようなお方と添うのかとお気の毒に思ったものだ。けれどラシードさまはそれはそれは正妃さまを大切になさった。一度しか会ったことのない男のもとへよく嫁いでくださった、国のために献身なさる貴女《あなた》さまを私は心から尊敬し、感謝するとおっしゃって、身罷《みまか》られるまで本当にただの一度もその言葉を裏切らなかった」

マアディンが静かに語るのを、アーシェはひたすら黙って聞いていた。

「正妃さまは残念ながらお身体が弱く、二年も経《た》たずに身罷られたが、正妃さまについてきていた侍女たちが国に帰り、いかに姫がラシードさまに大切にされていたかお伝えしたので今でも友好国として繋《つな》がっている。妾はそんなラシードさまを心から敬愛しておる。他の寵姫たちもみな同じ気持ちでカマルに入ったはずだ。競争心はもちろんあるが、ラシードさまとマハヤーディに幸あれと本心で願っている。ゆえにサーサさまが懐妊なされば安堵する。それが男児であってくれれば、さらにな」

聞いているうちに、アーシェは自然に深くうなだれた。

「マアディンさま…」

なんと自分は小さく卑《いや》しいのか、とアーシェはわが身が情けなくなった。

「わたしは本当に自分が恥ずかしいです」

マアディンが笑ってアーシェの手を軽く叩いた。

「偉そうに言うたが、妾とてあのように教養も礼儀作法もない者がラシードさまの子を孕むのかと思えば心穏やかではおられんよ。ただ心構えはそうあれかしと思っているということだ」

「わたしもマアディンさまのお心構えに倣《なら》います」

アーシェが誓うと、マアディンは微笑みを浮かべた。

「われらみな等しくマハヤーディの民《たみ》ということだ。お仕《つか》えする甲斐《かい》のある主君を戴《いただ》くことは、正しく民の幸せだな」

すらりと立ち上がると、マアディンはそう言い残し、自分の寝所に去って行った。


その日の夜、夕餉《ゆうげ》の片づけをしていると、鐘の音がした。ラシードが後宮に戻ってくることを知らせる鐘だ。アーシェは内心緊張した。

離れたところで後宮行事の差配表を検《あらた》めていたナーイムがラシードを迎えに出ていく。

今朝、マアディンに誓ったとおり、これからはマハヤーディの民としてラシードさまをお支えしていこうと思い決めたものの、やはりラシードを怒らせてしまったことが悲しくてたまらなかった。

ナーイムに命じられてのこととはいえ、もっと言いようがあったはずだ。本当はサーサのところに行ってほしくない、いつまでも自分だけを可愛がってほしい、という浅ましい気持ちがあったからこそ、あのような無作法なふるまいになってしまったのだ。アーシェは心から反省していた。

せめてお詫《わ》びの機会がいただけないだろうか、とそわそわしていると、足早に戻ってきたナーイムがアーシェのほうを向いた。

「おまえに寝所に来いとの仰《おお》せだ」

どきんとして、持っていた洗い布をぎゅっと握りしめた。

「い、いいのでしょうか」

「ラシードさまのご意向だ」

ナーイムはため息をついた。

「昨夜はサーサさまのところへお渡りくださったが、どうもなかなか馴染めぬようだな」

子をなすのによい時期というものがあり、この数日が大事なのだと聞いていた。アーシェはお詫びの機会がいただけた、と嬉しかったが、ナーイムの顔つきを見て気を引き締めた。

これからは自分の立場をわきまえて、誠心誠意お勤めさせていただかなくては。

「失礼いたします」

準備を整えると、アーシェは作業衣にターバンのまま、いつもの高盆を持って緊張しながらラシードの寝所に入った。閨を覆う厚い織物は大きくはぐられ、ラシードは一人褥の上で寛《くつろ》いでいた。

「アーシェ」

昨日の不調法を咎められるか、冷たく叱責されるかと内心びくついていたが、ラシードはアーシェを待ちかねていたように褥から下りて近寄ってきた。

「昨日は差し出がましい口をきき、まことに申し訳ございませんでした」

ラシードがなにか口にする前に、アーシェは高盆を脇に置き床に手をついて深く頭を下げた。

「アーシェ」

ラシードが驚いたようにアーシェの前にしゃがみこんだ。

「なぜ謝る」

「下働きの分際で、思い上がっておりました。今までのご無礼も、どうぞお許しください」

もう一度深く頭を下げると、やっと胸のつかえがひとつなくなった。

「お寛ぎのものを持って参りました。もし他に御用がございましたら、ナーイムさまにお取り次ぎいたします」

「ナーイムに頼む用などない。どうしたのだ、アーシェ」

ラシードが困惑したようにアーシェの手を取った。

「怒っているのか？　俺がおまえの壺を取り上げたりしたから」

びっくりして顔を上げ、気まずそうなラシードと目が合った。

「そ、そんな、めっそうもございません」

「ではなぜ今日はそんなに頑《かたく》ななのだ」

「今までが間違っていたのです。ラシードさまが寛容なことに甘えて、わたしはとんでもない勘違いをしておりました」

ラシードが顔色を変えた。

「なぜ急にそんなことを言う？　ナーイムになにか咎められたのか？」

「いいえ、決してそんな」

ラシードがこんな反応をするとは思っていなかったので、アーシェは慌てた。

「自分で自分の無作法にようやく気づいたのです」

「これは返す」

ラシードが褥の横に置いてあった壺を持ってきた。

「だから機嫌を直せ」

壺を持たされて、アーシェはどうしていいのかわからなくなった。

「あの、ラシードさま。わたしはこれで」

「待て！」

とにかく引き下がろうとしたが、ラシードがアーシェの手をつかんだ。

「いったいなにが気に入らない？　どうすればいつものアーシェに戻る？」

ラシードが苛立ったように声を荒らげた。

「も、もうしわけございません」

アーシェは反射的に身体を縮め、目をつぶった。

「アーシェ」

ラシードがとうとうアーシェの前に腰を下ろした。王が床に座るなど、ありえないことだ。

「ラシードさま」

慌てて腰を浮かすと、ラシードがまっすぐアーシェを見つめた。

「昨日は、俺が悪かった」

あろうことか、ラシードが謝った。

「おまえとともに夜を過ごすのを楽しみにしていたのに、おまえがサーサのところへ行けなどというから、つい腹が立って理不尽な物言いをした。すまなかった」

「ラシードさま！」

あまりのことに、アーシェは悲鳴をあげた。

「おやめください！　罰《ばち》が当たります！」

「では、どうすればおまえはいつものように笑うのだ？　なぜそんな畏《おそ》れるような目で俺を見る？　おまえは俺と一緒に怒ったり笑ったり、ときには楽しくふざけあったではないか！」

アーシェは混乱して、ただラシードを見つめ返すことしかできなかった。

「頼むからいつものアーシェに戻ってくれ。俺はおまえがいないと辛いのだ」

「そんな、そんな」

驚きで息が浅くなった。

「昨夜はサーサの寝所に行ったが、ただおまえとふたりで安らぎたいとしか考えられなかった。誰のところに行っても無駄なことはもう皆もわかっているだろう。奇跡を願ってもできないものはできない。それならおまえの語る物語に癒《いや》され、おまえのそばで眠りたい」

アーシェは床に座り込み、自分の手をとるラシードを呆然と見つめていた。

「ラシードさま…」

「おまえはもう俺が嫌になったのか。これを返しても許してくれないのか」

自分などが気安く近づいていいはずのないお方だ。一方で、アーシェはラシードの体温を知っていた。自分のことを「俺」と言い、アーシェの語りに身を乗り出して興《きょう》じ、笑ったりふざけたりして共に楽しみ、――そして無防備な寝顔を見せてくれた。

「ラシードさま」

人としてのこの方を、自分は知っている。慕わしく思っている。

ラシードがふっと肩から力を抜くのがわかった。

「――俺の父は戦争の時代に国を守り抜き、俺が九歳のときに力尽きて亡くなった」

ラシードが唐突に話し始めた。

アーシェはびっくりして顔をあげた。

「即位しても、俺は数年は名ばかりの国王で、何もできず、ただ父の臣下たちが血を流しながら国を守るのを見ているしかなかった。だから必死で努力した。今でも父のようにはいかないが、それでも外交に励《はげ》み、あらゆる策を巡らして交易《こうえき》を栄えさせ、可能な限りよい国に導いてきたつもりだ。しかしこのところ虚《むな》しさに襲われる。なぜなのかわからない。疲れたのかもしれん。思えば三十年走り続けてきて、この上さらに皆の期待に応えるのにつくづく疲れてしまった。俺は父のような真の王ではないのだろう。しかし皆の真心や献身を知っている身で、そんなことはとても口にはできない。おまえといると安らぐのだ。だからおまえが自分の家を建てたいというのを聞いて、俺を見捨てて去ってしまうのかと頭に血が上った。すまなかった」

「ラシードさま、…わたし、わたしは家族を失いました」

アーシェはほとんどなにも考えないまま打ち明けていた。ラシードが目を見開いた。

「みんな、――みんな死んでしまった」

急に喉《のど》が詰まって、声が掠《かす》れた。

ずっと封印してきたものが突然決壊《けっかい》した。

「アーシェ?」

耐え切れないほどの痛みが襲い掛かってくる。悲しみが苦痛になって苛《さいな》んでくる。目の奥が熱くなり、こらえる間もなく涙が溢れた。アーシェは声をあげて泣き伏した。

「わたしも、…っ、わたしも九歳のときです。村が、大火《たいか》に襲われて」

言葉にすると、いきなり目の前に業火《ごうか》が蘇《よみがえ》った。凄《すさ》まじい火柱《ひばしら》と熱風、目をあけていられず、ただ追い立てられるように走って逃げた――あの夜。

火の幻に引きずり込まれそうになったとき、ラシードがアーシェの腕を取った。

「大丈夫か」

力強い腕にアーシェは声にならない声をあげた。あのときの恐怖と絶望に呑み込まれそうで、アーシェはもがくようにラシードにしがみついた。ラシードがしっかりと抱きしめてくれる。

「アーシェ、大丈夫だ」

「わ、わたしは、生まれつき、耳がよくて…、物音に気づいて目が覚めて、運よく、一人逃げ延びました。か、風の強い夜で、なにがなんだかわからないうちに、小高い山に、一人で逃げて、村が、家族が、み、みんな、みんな…っ」

大切な人たちが、烈火《れっか》に飲み込まれていった。手も足も真っ黒で、同じように逃げ延びた村の人間数人で、ただ呆然と燃え盛《さか》る業火を一晩見ていることしかできなかった。

「父も、母も、弟も、妹も、祖父母も、友達も、みんな、みんな、わたしだけ、わたしだけ」

「アーシェ、アーシェ」

おおお、と声が喉からほとばしった。

あのときも、もう涙が出ないというほど泣いた。

「ずっと、ずっと苦しい。自分だけ助かってごめんなさいという気持ちと、…っ、わたしだけを置いてみんな逝《い》ってしまったって、そういう…、恨みのような気持ち、…と、どっちもあっ、あって…、どっちも…っ」

大火のあとしばらく、どうやって過ごしたのかアーシェには記憶がない。ただ他の生き残りたちと物乞いをして命をつなぎ、町から町へと流れ、気づくと一人で王宮に近い市場で使い走りをしてその日暮らしをするようになっていた。食うや食わずで、どこに行っても犬のように扱われ、何度もこのまま死んでしまおうかと考えた。

自暴自棄に陥《おちい》りそうになったアーシェを救ったのは物語だった。芝居小屋から洩れ聞こえる冒険譚《ぼうけんたん》や幻想物語。聞いているときだけは辛《つら》い現実から逃れることができた。

何度か季節が巡り、アーシェは少しずつ生きる気力を取り戻した。

「いつか、あの村のあったところに自分の力で家を建てようと決めて、そしたら、初めて気持ちが前向きになったのです」

ラシードは黙ってアーシェの話を聞いてくれた。

家族と暮らしていた村は、決して豊かではなかったが商隊の行き来する街道沿いにあり、明るく活気があった。あそこに戻りたい。もう一度あの場所で暮らしたい。

「でもっ…、でももう家族はいないんです。家なんか建てたって、わたしは、ずっとひとりぼっちで…っ」

止まっていた涙が、また溢れた。ラシードが強くアーシェを抱きしめた。

「もういない。誰もいない」

涙が溢《あふ》れ、嗚咽《おえつ》が止まらなくなった。

ずいぶん長い時間、床に座り込んだまま、アーシェはラシードの胸で泣いた。泣くだけ泣いてしまうと、身体の中がからっぽになった気がして、アーシェは両手で目を擦《こす》った。

「アーシェ」

ふっと身体が宙に浮き、驚いて思わずラシードの首につかまった。

「ラシードさま?」

横抱きにされて褥に連れていかれ、そっと寝かされて、アーシェはびっくりして起き上がろうとした。ラシードが肩を押さえて押しとどめた。

「俺がいるぞ」

静かな声に、とっさに言われた意味が理解できなかった。

「俺がおまえのそばにいる」

驚いて、アーシェはラシードをただ見上げていた。ラシードがアーシェの隣にゆっくり身体を横たえた。

「——辛い思いをしたな」

思いやりに満ちたまなざしに、また泣きそうになってしまった。

「も、もうしわけ…ありません、なんだか今日は…」

ラシードは無言でアーシェの髪を撫でた。

「好きなだけ泣くといい。俺もひとりだ」

そうしてもいいような気がして、アーシェは今度は自分からラシードの胸に頭をくっつけた。

大きな手が背中をさすってくれる。

「うぅ…っ」

大火の夜から、こんなふうに労わってくれたのは、考えてみればこの方が初めてだ。

ラシードはなにも言わず、ただアーシェを懐に入れて泣かせてくれた。


頬に当たる日差しで、ふと目を覚ました。

「——ん……？」

さわさわとせわしなく床をこする足音がいくつも聞こえる。

えっ、とアーシェは目を開き、がばっと起き上がった。

「えっ？　えっ？」

「おはよう」

「起きた？」

ここがどこなのか、一瞬わからなかった。ラシードの閨、褥の上だ。もうすっかり陽は高く、閨の重い掛物は巻き上げられ、寝所つきの者たちが床掃除を始めていた。

「ラシードさまが、アーシェは自分で起きるまで寝かせておいてやれとおっしゃったの。もう起きる？」

「も、もちろん起きます！　すみません！」

こんなに寝坊をしたのは初めてだ。しかもラシードさまの閨で、柔らかものに埋《う》もれて寝てしまっていた。大慌てではね起きると、アーシェは寝所を飛び出した。

「ナーイムさま」

とにかくナーイムを探そうと、いつも仕事をしている小部屋に向かうと、ちょうど出てくるのと行き合った。

「おお、ようやく起きたか」

ナーイムはアーシェを見やって、微妙な顔になった。

「申し訳ございません」

泣きすぎて、目が腫《は》れぼったい。徐々に昨夜の記憶が戻ってきて、アーシェは恥ずかしさと申し訳なさで顔が上げられなかった。

「昼にな、戻られるそうだ」

ナーイムがなにか他のことを考えている顔で呟くように言った。

「どなたがですか？」

後宮に「戻られる」のならラシードしかいないが、ラシードは昼間は執務があるはずだ。

「おまえは…、その、昨夜《ゆうべ》伽をしたのか」

「え？　あっ、はい」

アーシェは真っ赤になってうつむいた。もう寝所に侍ることは控えねばと決心していたというのに、逆に厚かましくも寝入ってしまった。

「お恥ずかしいことに、たくさん泣いてしまいまして、そのままご寝所で寝入ってしまいました。も、申し訳ございません」

「まあ…ううむ…」

じろじろアーシェを眺め、ナーイムは唸《うな》っている。

「とにかく、ラシードさまがお戻りになったらすぐに呼ぶゆえ、わかるところにいるように」

「はい」

失態《しったい》を咎められなかった上に、ナーイムは明らかに困惑していた。どうしたのだろうかと不思議に思いながら、アーシェはいつものように水場に出て仕事の前の準備を始めた。

昨日、久しぶりに昔のことを思い出した。

封印をといてしまったら、悲しみや憤《いきどお》りが襲い掛かってきて身体ごと押し流されてしまいそうになる。だからずっと忘れていようと必死だった。

でも、今はこうしてちゃんと立っていられる。ラシードさまのおかげだ。

アーシェは袖《そで》をまくりあげ、勢いよく桶《おけ》の水で顔を洗った。水をすくい、陽の光を受け止めた。手の中できらきらと光っている。

「よーし」

顔を拭《ぬぐ》うと、アーシェは大きく深呼吸して仕事にかかった。無心で身体を動かすと心が晴れる。

「アーシェ」

重い水を運んだり、頼まれた荷物を移動させたりしているうちに時がたち、そろそろ昼の食《しょく》膳《ぜん》を用意せねば、と手を洗っているとナーイムが寄ってきた。

「ラシードさまがお呼びだ」

「え?」

予定よりも早く後宮に戻るときには必ず鐘が鳴るはずなのに、聞き逃したのだろうか。戸惑っていると、ナーイムが「こちらに」と回廊を下りて中庭の端から小さな戸口を使って後宮を出た。

「こんな戸口があったのですか」

「万が一の避難経路だ」

戸口を出ると雑草の生《お》い茂った小道を通り、見慣れない東屋《あずまや》についた。木々が生い茂って日陰をつくり、東屋の中に入ると涼やかな風が吹き抜けた。

「アーシェを連れて参りました」

木造りの床には豪奢《ごうしゃ》な敷物が延べられていて、ラシードは低い寝椅子に寛いでいた。

「ではわたしはこれで」

ナーイムが去り、アーシェは一人ぽかんと取り残された。

「あの、ラシードさま、これは…」

「まあ、座れ」

ラシードが鷹揚《おうよう》に促《うなが》し、アーシェはラシードの向かいの寝椅子におそるおそる腰かけた。足の短い卓の上には、瑠璃《るり》瓶《びん》や蓋《ふた》のしてある椀《わん》がいくつも並んでいる。

「食え。どうせ朝飯も食いそびれたのだろう」

ラシードが無造作に椀のひとつの蓋を取り、匙《さじ》と一緒にアーシェの前に置いた。中には香辛料をまぶした肉が入っている。急に空腹を覚え、腹が鳴った。ラシードが笑い、「旨《うま》いぞ」と匙を取って食べ始めた。

「いい加減にアーシェに戻れ」

躊躇《ためら》っていると、ラシードが身を乗り出すようにしてアーシェの顔をのぞきこんだ。

「そのように眉間《みけん》にしわをよせて深刻そうな顔をしているのはアーシェらしくないぞ。おまえは旨そうな食い物を差し出されれば、いつでも大喜びで食いつくではないか」

「そっ、そんなことはいたしませんよ！」

からかわれて、アーシェはついいつもの調子で反駁《はんばく》した。

「ちゃんとお礼を言いますし、その前に本当にいただいていいものか、確認をいたします」

ラシードが破顔《はがん》した。

「おお、アーシェに戻った」

嬉しそうに言われて、アーシェはあっ、と口を押さえた。ラシードがさらに声をたてて笑う。

つられてアーシェも笑ってしまった。

「食おう」

ほら、と匙を持たされて、今度は素直に受け取った。

「美味しい…！」

肉を一口食べると、肉汁が溢れ、香辛料が追いかけるように口いっぱいに広がる。

「こっちも食え」

油で炒めた葉野菜にもぎたての果実、ちぎって食べる蒸《む》しもの、どれもこれもあごの奥が痛くなるほど美味しい。

東屋の柱を覆《おお》う蔦《つた》が風に煽《あお》られてぱたぱた音をたてた。鳥の鳴き声や木々のざわめきを聞きながら、陽光の差す東屋で、アーシェとラシードはさし向かいで無言のまま食べ続けた。時折羽虫《はむし》が来るのを手で追い払い、指についた油を舐めとり、肉を咀嚼《そしゃく》し、冷えた果物にかぶりつく。

何も話さず、ただ食べた。

「アーシェよ」

ずらりと並んだ椀がほぼ空《から》になり、ラシードが瑠璃瓶から直に一口乳を飲んだ。

「はい」

「腹は満ちたか」

「はい」

ラシードに差し出された瓶から、アーシェも一口乳を飲んだ。

目を見かわして笑い合うと、言葉はなくとも通じあうものがあった。

「アーシェ、俺のものになるのは嫌か?」

ラシードがごく自然に訊いた。

訊かれた意味がわからず、アーシェは瞬きをした。

「どういうことでしょうか」

ラシードが手をのばし、指先でアーシェの頬に触れた。

「わからぬか?」

「は……」

意味ありげに微笑《ほほえ》まれたが、アーシェは首をかしげた。ラシードがわずかに照れたように目を逸《そ》らした。

「俺が初めて閨に呼んだときは、いくらか覚悟をしていたではないか。薄物を着て、おっかなびっくり褥に上がって、『わたしなど召し上がっても美味しくはありません』と。一応食われるかもしれぬと覚悟はしていたのだろう？」

「えっ？　そ、それは、だって」

かーっと顔が熱くなって、アーシェは両手で頬を押さえた。

「か、からかわれているのですか？」

「以前から、俺はおまえが可愛くて、食ってしまいたくなっていたのだ。おまえは、俺に食われるのは嫌か？」

「そっ、そ、んな……」

突然すぎて、アーシェは頭が働かなくなった。

「おまえが嫌なら無理強いはしない。ただ、これからもおまえとこのように二人きりで過ごしたい。それも嫌か？」

「まさか！」

アーシェは驚いて首を振った。

「嫌なわけがありません。で、でも、わたしのような下働きの者が――」

「また頑なになるのか？」

ラシードがアーシェの頬を指先で突いた。

「ほら、アーシェに戻れ」

「さきほどからアーシェに戻れと再三《さいさん》おっしゃいますが、ラシードさまはいったいわたしをどういうふうにお思いなのです…あっ」

つい言い返してしまい、またやってしまった、と口を押さえた。ラシードが楽しそうに笑う。

「よしよし、アーシェに戻ったな」

満足そうなラシードに、アーシェもなんだか胸がいっぱいになって笑った。

畏れ多い、という思いが先にたって考えることをしなかったが、確かにアーシェはラシードに惹かれていた。男性美に憧《あこが》れ、触れられるたび胸がときめいた。

「ラシードさま」

「なんだ」

「でもあの、く、食われるのは、怖いです」

「そうか」

正直に言うと、ラシードは拍子抜《ひょうしぬ》けするほどあっさりとうなずいた。

「それならばしかたがない」

「でも、あの、ずっとおそばにいたいです」

ラシードが微笑んだ。

「俺もだ」

簡単に言われて、アーシェはまた拍子抜けした。

「こっちに来い」

言いながら、ラシードがアーシェの手を取り、自分のそばに引き寄せた。アーシェは卓を回ってラシードの寝椅子の端に腰かけた。

太陽神のようだ、と仰ぎ見ていたラシードが、当たり前のように抱きしめてくれる。アーシェもおそるおそるラシードの背に腕を回した。

「食われたくなったらいつでもそう言え」

ラシードが悪戯《いたずら》っぽい声で囁いた。

「口づけくらいはいいな?」

え、と戸惑いながら、アーシェはラシードの美しい瞳に吸い込まれた。

初めての口づけは、瞬《まばた》きをする間に終わってしまった。

息を奪い取られるように唇が重なり、あ、と思う間もなく離れて行った。アーシェは突然ラシードの逞《たくま》しい胸や腕、そして情熱を秘めたまなざしを生々しく感じてかーっと全身が熱くなった。

「どうした」

「え…と」

一度だけ見て、手を触れさせられたことがある。大人のものはこうだ、とふざけて……あのときのことを思い出して、アーシェは思わず身を固くした。

「アーシェ」

低い声で名を呼ばれ、ぞくりとした。返事をしようと思うのに声が出ない。ラシードがアーシェの耳に唇を寄せた。

「ラシードさま…?」

「今、食われてもいい、と思ったな?」

「えっ」

「顔を見ていればわかる」

にやりと笑った顔がひどく色めいて見え、アーシェは狼狽《うろた》えた。どきどき心臓がうるさく鳴り、顔が火照《ほて》る。

「心配せずともおまえが怖がることはしない」

ラシードがゆっくり楽しげに笑った。その余裕にまた耳が熱くなった。

「それともまた物語を語って逃げるか? 俺はそれでもいいが」

「そっ、それでは、この前の続きを語りましょう!」

アーシェは急いで居住まいを正した。

「語るのか」

「語ります」

ラシードが声をたてて笑った。

「なんだ。まあいい、それならば代わりに俺の膝の上で語れ」

ラシードはひょいとアーシェを膝の上に乗せた。

「わ」

びっくりしているアーシェを片手で抱え、ラシードはなにかに気づいた。

「アーシェ」

「は、はい…」

どきっとして、次に耳が熱くなる。

「柔《やわ》く小さいものが、固く、少し大きくなっているようだが」

「ラシードさま、…い、意地悪をおっしゃらないでください」

今日は作業衣だが、膝の上に乗せられているので前が形を変えているのがわかってしまう。

「俺も同じだ。恥ずかしがらなくてもいい」

「あっ…」

布越しにそうっと撫でられて、思わず声を洩らしてしまった。

「――」

作業衣の下をそろりと腿《もも》までおろされたが、アーシェは抵抗しなかった。どきどきしすぎて思わずラシードの袖《そで》の端っこを握った。背中に感じるラシードの胸も大きく上下している。

「これは…」

見慣れた自分のものなのに、ラシードに肩越しに見られていると思うと、お腹の奥がきゅっとなった。先っぽが桃色に濡れて小さく頭を出している。指先で撫でられると、先端がさらに濡れてきて、恥ずかしくてくらくらした。

ラシードがごくりと唾《つば》を飲み込むのがわかり、さらにいたたまれなくなった。

「ずいぶん、可愛らしいな…」

「か、かわいいって、おっしゃらないでくださ…あ、うぅ…っ」

他人にそんなふうに触れられたのは初めてで、アーシェはその感覚に息を止めた。

「おまえは、誰かとこんなことをしたことがあるのか?」

「あ、ありませ…っ」

「では自分で慰めていたのか」

やわやわと刺激され、アーシェはぎゅっと目をつぶった。

精通を経験したのは王宮に入る少し前だった。市場ではいかがわしい商《あきな》いも目に入ってくるのでそうしたことの知識はあり、自分も大人になったのだな、と思っただけでさして驚きもしなかった。毎日食うや食わずの生活でそれどころではなかったし、溜まったものを出すのは排《はい》泄《せつ》と何ら変わらない。

王宮の厨房で働かせてもらえるようになってようやく少し余裕ができたが、長い間の栄養不足で仲間からも子ども扱いされてきて、いつの間にかアーシェは自分には色めいたことは関係がない、と決めこんでいた。

それだけに、こんなふうに触れられて、あまりの刺激の強さに心臓がひっくり返りそうになった。

「あ」

「どんなふうに慰めていた」

手を取って、自分で触らされた。腿《もも》に当たるものが興奮を伝えてきて、アーシェは熱に浮かされたように握った。

「いつ、も…はちょっと触って、出して、そ、それだけ……」

「なにを思い浮かべる?」

アーシェは首を振った。

「なにも」

「女か?」

「いいえ、いいえ」

意地悪だ、と思うのに息が甘く震えてしまう。

「いまは、あっ、…ラシードさまの、…」

腰のあたりの熱や、耳にかかる吐息に脈が早くなる。

「俺の、なんだ」

「ん…っ、ん…ぅ……」

「おまえは、本当に可愛い」

興奮を秘めた声に、アーシェはぶるっと震えた。

「…え、あっ――」

びゅっと精液が飛んだ。いつもの単純な快感ではなく、底なし沼に沈むような感覚に、一瞬気が遠くなりかけた。

「アーシェ…」

恥ずかしさと激しい快感の余韻《よいん》にくらくらする。

「――は、……」

ラシードに抱きかかえられ、大きな手で頬をつかまれ、口づけられた。

「ん、ん……っ」

厚い舌が唇を割り、中に入ってくる。背中に密着しているラシードの逞しい胸が激しく上下していて、アーシェはまた興奮に巻き込まれた。唇を噛まれ、上顎《うわあご》を舐められて、本当に食べられてしまうのかと馬鹿なことを考えてしまう。

ラシードさまになら、食べられたい――。

「あ」

いきなり腰をつかまれて、身体の向きを変えさせられる。

「アーシェ」

作業衣をたくしあげられ、腹から胸をはだけさせられた。東屋の柱の隙間から眩《まぶ》しい陽光が差してきて、こんな明るいところで、と恥ずかしさに身がすくむ。それなのにラシードの手が性急に肌をまさぐると勝手に甘い声が洩れた。

「は、あ……っ、あ、あぅ…」

首筋、鎖骨《さこつ》、と舌が這う。乳首に舌先が触れて、背中から腰に快感が走った。

「あっ――」

甘噛みされ、強く吸われ、ぽろぽろ涙がこぼれた。気持ちいい。熱がどんどん溜まり、我慢できない。

「ラシードさま、もう、も…っ、う……」

向かい合って、ラシードの膝にまたがるようにさせられて、勝手に腰が揺れた。濡れた性器が擦《こす》れ合う。ものすごくいやらしいことをしている気がして、でも止められない。

「――ああ、ん…っ、う……」

額から汗が流れる感覚にまで感じる。ぞくぞくと背中が震えた。

「アーシェ…」

裏側の敏感なところをぬるぬると擦りあわせ、高まっていく。

「――あ、ああ…ッ」

ラシードの隆々《りゅうりゅう》としたものが自分のものを圧倒している。ぐっと腰を引き寄せられ、強く刺激された。我慢する暇《いとま》もなくアーシェは二度目の頂点に達した。

「あっ、あ……」

ぱたぱたっと床を叩く音がして、ラシードも大きく息をついた。ぐったりと弛緩《しかん》していくアーシェの背を片手で支えて、荒い息をしながらアーシェの額や頬に口づけてくる。

「――ラシードさま…」

こんなことになったのが、夢を見ているように現実感がない。それでも汗だくで見つめ合い、微笑みあうと、なんともいえない幸福感に満たされた。

ラシードが食事のための手拭《てふ》きを使ってアーシェの身体を手早く清めてくれた。

「も、もうしわけ…ございません…」

ラシードさまにこんなことをさせては、と恐縮するが、力が抜けてどうにもならない。

「アーシェ、今日からおまえの居場所は俺の寝所だ」

「えっ？」

「ナーイムにはもう話してある。おまえがどうしても否《いな》と言えば諦めるつもりだったが、どうやら杞憂《きゆう》で済んだようだ。夜までに荷物をまとめて移動させておくがいい」

ラシードがアーシェの服を直しながら当たり前のように命じた。

「そっ、そんな、何故わたしがラシードさまの寝所になど」

「愛妾《あいしょう》が寝所に侍るのは当然のことだろう」

慌てるアーシェに、ラシードは悠然《ゆうぜん》と答えた。

「あい、しょう…?」

「俺はおまえに求愛し、おまえはそれに応えた。だから今日からおまえは俺の愛妾だ」

「きゅうあい……あっ、あっ、愛妾!」

ラシードに嚙んで含めるように言われて、やっと「愛妾」という馴染みのない言葉の意味がわかった。

「えええっ」

仰天《ぎょうてん》しているアーシェに、ラシードが声を出して笑う。

「俺は、俺のものにならないかと訊き、おまえはずっと俺のそばにいると約束をした。今、情も交わした。そうだろう?」

確かにずっとおそばにいたい、と言った。そう願った。

「それとも、否を言うのか?」

ラシードの頬がほんのわずか固くなった。

「いえ!」

アーシェは慌てて首を振った。

「いいえ。…いいえ」

ラシードの目がほっとしたように優しく和《なご》んだ。

「俺のそばにいてくれ、アーシェ」

ラシードがアーシェの手をとり、口づけた。

「俺は一人寝は許されないのだ。一国の王だからな。常に愛妾が王に侍り、万が一に備えるのが決まりだ。俺はもうおまえ以外の者と共寝《ともね》はしない。だからこれからはおまえの居場所は俺の寝所だ。朝餉と夕餉も可能な限りは共にとろう」

アーシェはしばらくぼうっとしていた。

「ラシードさま」

「なんだ」

「わたしは…夢を見ているのでしょうか…?」

半分以上本気で訊くと、ラシードは目を丸くし、それから歯を見せて笑った。

「これが夢ならたいした淫夢《いんむ》だ」

身体を拭《ぬぐ》った手拭きを見せられて、アーシェは顔から火が出そうになった。

「まだおまえの全部を食っていない。これから毎晩可愛がって、しっかり俺を覚えさせてやらねば」

流し目でそんなことを言われ、アーシェはあたふたした。

「ラシードさま、わ、わたしは、そうしたことはまったくなにも知らないのです」

「ああ、そうだろうな。それでいい。俺が全部教えてやる」

返事に困っていると、楽しげにしていたラシードがふと顔つきを変えた。

「アーシェ、おまえの生まれ故郷の村だが、ティアカの国境近くのクシャリアではないか？」

「ええ、そうです」

急に話が変わって戸惑ったが、アーシェは懐かしい土地の名前が突然出てきたことに驚き、同時に胸が詰まった。

「そうか。やはりな。クシャリアは大火《たいか》がおさまってのち検分に行ったからよく覚えている」

「そ、そう、なのですか…」

声が掠れた。ラシードがアーシェの手を握った。大きな手から、慰めが伝わってくる。

「俺は、あれは放火ではないかと今も疑っている」

「えっ？」

ラシードの言葉に、アーシェは驚いて顔を上げた。

「クシャリアはエドナ河を隔《へだ》ててすぐが隣国ティアカだ。河幅はあるが、あのあたりは流れが緩やかで乾季になれば馬で渡れてしまう。ゆえに流入民が絶えない。クシャリアは商隊が使う街道沿いにあったからな。火をつけてあの村を焼き払えば商隊には痛手だし、流入民もおいそれとわが国に入れなくなる」

「では、ではあの火はティアカの仕業《しわざ》だったのですか？」

「証拠はないのだ」

ラシードが目を怒らせた。

「ただティアカはあの頃から急激に政情不安に陥《おちい》って、他国ともつねに小競《こぜ》り合いを重ねていた。昔は誇《ほこ》りある大国だったが」

最後に見た故郷の惨状《さんじょう》を思い出すと胸が苦しくなった。ラシードが気づいてアーシェを抱き寄せた。

「あれから街道を直して、おまえの村だったあたりはまたぽつぽつ人が戻っていると聞いた。まだ少し先になるが、領地検分があるゆえ、そのときにはおまえも連れて行ってやる」

「ほっ、本当ですか？」

故郷に家を建てるという夢は、アーシェにとって自分を奮《ふる》い立たせるための絵空事だった。あの地に戻ることすら本当は諦めていた。

帰ったとしても懐かしい人たちはもう誰もいない。それでもエドナ河や街道沿いの景色をもう一度だけでも見たかった。

「ラシードさま、本当に…？」

「ああ」

ラシードがアーシェの頬を包むようにして微笑んだ。

「おまえの望みはこれから俺がなんでも叶えてやろう。愛妾になってほしいという俺の願いをおまえは叶えてくれたのだからな」

4

ラシードの弟、イズゥールが妻子とともに暮らす離宮は、王宮から小道を辿《たど》ればすぐのところに位置している。

雨季の終わりのこの時期は大気が不安定で、離宮を出ると薄い雲からぱらぱらと雨粒が落ちてきた。ラシードの愛馬がぶるるっと胴震《どうぶる》いする。

「これは祝いの雨か、諫《いさ》めの雨か」

護衛のために前を行くスルブが芝居がかった調子で言った。スルブが馬を並べてくると、後ろの護衛は心得て少し距離を取った。

「祝い雨に決まっているだろう」

「ふむ。とうとう弟殿に男児ができて、ラシード陛下の心中やいかに」

「名づけを頼まれたぞ。おまえもいい名を考えろ」

五人目にして男児誕生の知らせを受け、スルブとともに祝いに駆けつけた帰りだった。生まれたての赤ん坊は額《ひたい》に伝統飾りをつけて、すやすやと眠っていた。男児であることを示す文様《もんよう》を、その場にいた者はみな言葉にせずとも意識していた。

「弟殿には男児が生まれ、陛下には男の愛妾《あいしょう》ができたか」

スルブがじろじろとラシードを眺めた。

アーシェを愛妾にしてひと月ほどが経《た》っていた。

後宮の外ではおおっぴらにできることではないが、後々のことを考えてスルブにだけは打ち明けた。

最初は冗談にとられ、本気だと知ると驚愕《きょうがく》して「どうかしているぞ」と諫めようとしてきたが、ラシードは「これは相談ではなく、報告だ」と意にも介さなかった。誰に何と言われようと、アーシェを手放す気などない。ラシードが本気だと悟《さと》ると、長年の朋友《ほうゆう》は驚きながらもしぶしぶ受け入れた。

「おまえはつくづくもの好きだ」

呆れた調子で言うのを聞き流すと、スルブはすっかり諦めた様子で肩をすくめた。

「それにしても、イズゥールは相変わらずだったな」

スルブが幼馴染みの口調になった。スルブの父は、ラシードとイズゥールの父の側近《そっきん》であり、朋友でもあった。今の自分たちとそっくり同じ関係だ。その上ラシードもイズゥールも乳母はスルブの母親で、人前では身分の違いを厳しくしつけられたが、三人でいるときはまるで本当の兄弟のようにして育った。

「俺は久しく顔を見ていなかったが、イズゥールはいつまでたってもどこか純真だ」

「ああ、あれは変わらぬ」

おっとり大人しいイズゥールは活発な二人のあとを「兄上」「スルブ」とついてまわり、いつも一生懸命二人の真似をしていた。

「純真さは、しかし才気とは両立せぬ特質があるからな」

スルブが独り言のように呟いた。ラシードは聞こえないふりをした。

確かに弟は才気に欠ける。負けず嫌いのラシードは修学《しゅうがく》も武芸もスルブと競《きそ》って向上に努《つと》めたが、イズゥールは「ラシードさまの弟君はなにをもってしても兄上の足元に遠く及ばぬな」などとおおっぴらに評されても眉を下げるだけでやりすごすようなところがあった。

ただ、それは決して気概《きがい》がないからではない。

誰もが自然に持つ虚栄心《きょえいしん》や競争心が弟にはないのだ、とラシードだけは早いうちから気づいていた。常に「先代王に恥じないように」と考えてしまう自分と違い、弟はただ周囲の安寧《あんねい》だけを静かに願うことができる。

それが真の胆力《たんりょく》であり、徳というもので、本当に平和な世になれば、自分より弟のほうがよほど王位につくにふさわしいのではないか、とラシードはずっと以前から考えていた。

「おお、虹だ」

厩舎《きゅうしゃ》が見えてきたあたりでスルブが空を見上げた。小さな雨がやんで、王宮の尖塔《せんとう》に薄い虹がかかっている。

「これはまぎれもない吉兆《きっちょう》だな」

ラシードが念を押すように言うと、スルブが苦笑した。

「確かにな」

イズゥールに男児が生まれたことに気を揉《も》んでいるのは、ラシードではなく周囲の人間だ。スルブはそれも承知した上で各方面との調整を考えて頭を悩ませている。

「吉兆といえば、今朝がたおまえの吉兆殿を厨房《ちゅうぼう》で見かけたぞ」

スルブが思い出したように言って笑った。

「芋《いも》の皮をせっせと剝《む》いておった」

「なにか仕事がしたいというのだから仕方がない」

ラシードも苦笑した。

「よくナーイムが許したな」

「いろいろ超越したようだ」

ナーイムは「アーシェを愛妾にしたい」と相談したときは顎《あご》が外れたようになってしばらく

放心していたが、二、三日もすると憑《つ》き物が落ちたように後宮の後処理について計画を立て始めた。

「ラシードさまも来年には先代さまがお斃《たお》れになったお歳になられるのだなと考えましたら、なんとはなしに気が晴れまして、わたしもするだけのことはしたのだと納得がいきました」

マアディンを初めとする寵姫《ちょうき》たちは、驚いてはいたものの、心配していたほどの動揺は見せずラシードの宣言を受け入れた。

「ラシードさまが一度この者、と決めたらいかに一途《いちず》か、妾《あたくし》どもはみな知っている。誰かが敬愛する王の世継ぎを産めたらと思っておりましたが、妾どもに子をなすことができないことはもはや明白。ならばラシードさまが望むままになさればいい」

アーシェが男子だったことでかえってみな「しかたがない」と納得したようだった。

サーサは生娘《きむすめ》のまま大金を持たせて村に帰し、他にも家に帰りたいものは帰し、帰るつもりのないものは後宮で悠々自適《ゆうゆうじてき》に暮らすことになった。

マアディンは礼儀作法の指南役《しなんやく》を頼めないかと声がかかって宮中で働くことになり、数人の寵姫もそれに連《つら》なった。

表向きは後宮を建て替えるにあたってお気に入りの寵姫のみを残したことにして、アーシェと過ごす寝所だけ少し整え直した。

アーシェはいまだに自分の立場がよく呑み込めない顔をしてるが、ラシードはそんなアーシェが可愛くてならなかった。

「なんでもわがままをいうがいい」

思い切り甘やかしてやりたかったが、アーシェは妙に意気込んで「それならば、また厨房に戻って仕事がしたいです」と言い出してラシードをがっかりさせた。

「なにか欲しいものはないのか。飾り物とか、絹とか、珍しい菓子とか」

「それはもうたくさん頂きました。それよりすることがありません」

後宮に残った寵姫たちもこれからは自分たちでさまざま用事をすることになり、ナーイム一人でも充分事が足りてしまう。

「わたしは仕事がしたいのです」

厨房で芋の皮むきをする愛妾など聞いたことがない、とナーイムは最後まで渋い顔をしていたが、アーシェがラシードの愛妾だということは限られた者しか知らないことだし、と好きにさせてやることになった。アーシェは毎日元気に厨房で下働きをしている。

「それで、おまえはこの先をどう考えているのだ」

厩舎から王宮の正門に向かいながら、スルブが気づかわしげに訊いた。

「おまえの意見は？」

「臣下としてのか？」

「俺の朋友としての意見だ」

スルブは少しの間無言だった。正門から大廊下を通り、執務室まで来て、スルブはようやく口を開いた。

「臣下としても、朋友としても、俺はラシード王はマハヤーティを統《す》べるにふさわしい器量の持ち主だと思っている。仕《つか》えるに値《あたい》する主《あるじ》を戴《いただ》くことは臣下の誉《ほま》れだ。俺は口出しはするが、最終的にはおまえが選んだ道を共に行く。例外はない」

「ありがたいことだ」

ラシードは心身ともに鍛《きた》え上げられた頼もしい朋友を見つめた。

「ただ、おまえの言うとおり、俺に子どもがいない以上、必ず後継問題は火種になる。まだ先のことだが、俺は俺の統治がうまくいっている間にイズゥールに王位を譲りたいと考えている」

薄々勘付いていたらしく、スルブはやはりそうか、というようにぐっと眸《ひとみ》に力をこめた。

「時代は変わった。野蛮《やばん》な戦火《せんか》は絶え、これからは外交や交易で国力を測《はか》るようになるだろうし、そうなればいかに内紛《ないふん》をおさえ政情を安定させるかが肝要《かんよう》になろう。権力争いで自滅していくティアカがいい見本だ。まあ今さらこんなことをおまえに演説するのも馬鹿らしいが」

スルブが喉《のど》の奥で唸《うな》った。

「今までさんざんおまえ一人で重圧を担《にな》い、弟君は国内祭事を取り仕切るくらいで、あとは妻子とののんびり離宮暮らしを満喫《まんきつ》なさってきた。おかげで統率がとれていたわけだが、俺はそろそろイズゥールも表舞台に出てきて重圧の一端《いったん》を支えるべきではないかと思っていた。しかし、王位を譲る、というのはあまりにも…」

「イズゥールには残念ながら俺のような才気はないからな」

「またずいぶんはっきりおっしゃるな」

スルブが苦笑した。

「本当のことだからな。父には勇《ゆう》があり、俺には才がある」

「そしてイズゥールには純真があると」

「徳があるのだ」

スルブの揶揄《やゆ》を訂正し、ラシードは腕組みをした。

「イズゥールに王位を譲ってもさまざまな問題は俺が対処せねばならんだろう。だがあれには徳があるのだ。武力で人をねじ伏せ、狡猾《こうかつ》な外交で優位を得ても、本当の尊敬は得られぬ。マハヤーディが真の大国になるには徳のある王が必要なのだ。もちろんまだ先の話だ。譲るにあたって片づけておくべき問題は片づけておかねばならんからな」

「おまえはこのところ元気だな」

スルブが目を眇《すが》めるようにしてラシードを眺めた。

「そうか?」

「ああ、力が漲《みなぎ》っている。一時はやつれて心配していたが、やはりあれがおまえの吉兆なのだろうな」

「その通りだ」

まだどこかで納得しきれていない様子のスルブに、ラシードは苦笑した。

アーシェと情を交わした日から、眠るときには必ずアーシェを抱いて寝る。ラシードの力の源《みなもと》だ。まだ性愛をよく理解していないアーシェを怖がらせないように、ただ身体を合わせて快楽を共有しているだけだが、アーシェが徐々にラシードに慣れている様子がたまらなく愛《いと》おしかった。

情を交わしたあとに腕の中にすっぽりおさめるとなにもかもがしっくりきて、もしかするとアーシェは神が自分のために誂《あつら》えてくださったのではないかと考えてしまうほどだ。喉のところにアーシェの頭が入り、足もちょうどいいところにおさまり、アーシェのほうでも「ラシードさまのふところに入るとあまりに寝心地がよくて、驚いてしまいます」と言っていた。

「厨房で芋を剝く愛妾殿な…」

スルブが性懲《しょうこ》りもなく唸った。

「しかも芋を剝いている姿がおそろしく似合っておった」

アーシェは確かに佳人《かじん》ではない。しかし大きな瞳はいつもきらきらと輝き、口元は朗《ほが》らかで、身体中から生命力が溢れている。表情豊かで素直なアーシェといると、ラシードも余計なことは考えずに済んだ。

そして存外、床《とこ》もいい。

ラシードは知らず口元を緩《ゆる》めていた。なにも知らない身体にひとつひとつ性を教え込んでいく愉悦《ゆえつ》がある上、アーシェの身体は敏感で反応がいい。普段は色気など無縁そうに見えるぶん、声も表情も人が違ったようでラシードの欲をそそった。

「アーシェはこの上なく愛らしいぞ」

「おまえは長らく美女揃いのカマルにいて審美眼《しんびがん》が少々おかしくなっているのかもしれんな」

アーシェを思い浮かべるだけで自然に微笑んでしまうラシードに、スルブは匙《さじ》を投げた。

「おまえの共感は求めておらん」

「誰の共感も得られんだろうが、陛下が気に入っているならまあよかろう」

「おまえの許可もいらん、と言いたいところだが、次の領地検分にはアーシェも連れていきたいのだ」

「いいのではないか。マアディン殿は宮中指南の仕事でお忙しいようだし、代わりにナーイムの下働きを寝室警護のために連れていくとすればいい」

スルブはあっさり答えた。

国王の一人寝は許されないので、今までも遠方に出かけるときは第一寵姫のマアディンを帯《たい》同《どう》していた。

「警護隊には俺から話を通しておく」

「頼む」

次の領地検分はティアカの領民流入で混乱しているエドナ河に接する地域だ。本格的に乾季に入り、エドナ河が馬で渡れるようになるまでに検問所を強化せねばならない。

アーシェの故郷クシャリア村は大火《たいか》で焼失《しょうしつ》してしまったが、その近くを通るので、懐かしい景色を見せてやりたかった。

辛《つら》い思いもするだろうが、時がある程度傷口を癒《いや》してくれたなら、自分の中で整理をつけるのにはいい機会だ。

5

半月後、ラシードはアーシェを帯同して領地検分に出かけた。

雨季から乾季に移り変わるこの時期は、マハヤーディの一番美しい季節だ。

「ナーイムさま、ナーイムさま、鷹《たか》がおります！」

荷馬車の窓から首を出して、アーシェはびっくりして大声を出した。

緩《ゆる》やかな丘陵《きゅうりょう》の上、どこまでも広がる青空に大鷹は悠然《ゆうぜん》と翼を広げていた。

「鷹ですよ、鷹！」

「そのように大騒ぎしておるとターバンをひったくられるぞ」

「えっ」

慌てて頭をおさえて首をひっこめると、聞こえていたらしく御者《ぎょしゃ》が笑った。

領地検分に出立《しゅったつ》する支度だ、とナーイムから真新しいターバンと刺繍《ししゅう》の入った衣装を渡されたのは昨夜《ゆうべ》のことだった。あらかじめラシードから聞いていたが、本当に連れて行って下さるのだ、とアーシェは感激した。

そして馬上のラシードの姿に、アーシェはなんと神々《こうごう》しい、と改めて感じ入った。いつもは後ろで束《たば》ねているだけの黒髪を、今日はマハヤーディの成人男性の正式な髪型に結いあげ、腰に刀剣を携《たずさ》えた凛々《りり》しい姿は、ラシードの美貌に慣れてきたはずのアーシェですら圧倒された。

武官や護衛はそれぞれ馬に乗り、アーシェやナーイム、下働きの者たちは荷馬車に詰め込まれた。

早朝に出発して、太陽はそろそろ真上に来ようとしている。

今回の領地検分は隣国との国境視察が目的なのだと聞いた。国境警備の仔細《しさい》を確認するだけなのでいつもに比べてすべてが簡素らしいが、アーシェは見るもの聞くものなにもかもが物珍しく、少しは落ち着け、とナーイムに注意されながら道中を過ごしていた。

前を行くラシードは、左右を警護されつつ紋章《もんしょう》で飾られた鐙《あぶみ》や頭絡《とうらく》をつけた名馬に乗り、時おり浅黒い肌の側近《そっきん》と談笑している。

最初に通過した町では先導が打ち鳴らす鐘の音が聞こえなくなるほどの歓声を浴びて、アーシェは荷馬車の中で肝《きも》をつぶした。ラシードは厳重な装備をした武官に警護されつつ沿道に溢れる人々に悠然と応《こた》え、その優美な姿にまた観衆はマハヤーディの旗を打ち振って歓声を上げていた。

あれが、毎晩一緒に閨《ねや》で過ごしているラシードさまか、とアーシェは観衆に応える正装の美丈夫の姿に驚いていた。

そばにいる時間が長くなるにつれ、身分や年の差が縮《ちぢ》まっていき、今のアーシェにとってのラシードは威風堂々《いふうどうどう》とした国王ではなく、愚痴《ぐち》をこぼしては面白い話を聞きたがり、アーシェと一緒にふざけ、そして愛を交わす美男子だ。

けれど名馬にまたがり、人々に仰《あお》ぎ見られているラシードは、確かにマハヤーディの領民たちから慕《した》われる名君だった。

どちらもラシードさまで、そしてわたしはどちらのラシードさまも慕わしい。

荷馬車の中で、アーシェはひとり胸を震わせていた。

いくつか小さな集落を過ぎ、夕方、かつてクシャリア村のあった街道沿いを通過した。

見覚えのある街道の景色が見えてきて、どきどきしていたアーシェは、はっと荷馬車の窓から身を乗り出した。

「エドナ河だ！」

夕刻、エドナ河は夕日に赤く染まり、ゆったりと流れていた。

向こうの岸がティアカ王国だが、河幅が広く、ただ稜線《りょうせん》が見えるだけだ。まだ乾季には入っていないが、中州《なかす》がそこここに現れ始めている。

懐かしさと同時に、川面《かわも》に映る夕陽の赤が恐ろしい記憶に繋《つな》がって、アーシェはぐっと拳《こぶし》を握った。

「このあたりはずいぶん前に大火《たいか》があったのだ」

ナーイムがなにげなく口を開いた。

「村がまるごと焼失《しょうしつ》して、生き残りも離散《りさん》してしまったそうだ。むごいことだな」

荷馬車の外を景色が流れていく。

村はもうない。

懐かしい人たちは誰もいない。

こみあげてくるものを我慢していると、ふいに荷馬車の窓をふさぐように馬が並走《へいそう》を始めた。

金の鐙や王紋に、ラシードの馬だとわかる。

「ラシードさま」

荷馬車の窓からアーシェの様子を窺おうとしているラシードに、ナーイムが眉を寄せて追い払おうとした。

「なにをなさっておいでです。警護の者が困っておりますぞ」

「いやなに、荷馬車の中はどんな様子かとふと興味がわいた」

ラシードは気紛《きまぐ》れを装《よそお》って笑い、アーシェに目を合わせた。

アーシェは膝《ひざ》のところに置いていた手をぎゅっと握った。

わたしには、わたしのことを気にかけてくださる方がいる。

急に力が湧いてきて、アーシェは大丈夫です、と合図を送った。ラシードは小さくうなずいて目だけで微笑《ほほえ》み、離れて行った。

「まったく、なにを考えておられるのやら」

ナーイムがほっとしたように愚痴っている。

「あ、ナーイムさま、屋根が」

灌木《かんぼく》の間からちらっと軒先《のきさき》が見えて、アーシェは思わず身を乗り出した。

「人家《じんか》でしょうか」

「しばらく荒れ地のままだったが、またぽつぽつ人が戻っておるようだ。場所柄はよいからな」

ナーイムの言う通り、物売りや食べ物屋の軒まで目についた。質素なつくりの店ばかりだが、アーシェは救われた気持ちになった。

「辛抱《しんぼう》強く時を待てば、また土からは木の芽が息を吹き返し、やがては枝葉《しよう》を伸ばすということだな」

ナーイムのなにげない言葉はアーシェの胸に静かに沁《し》みた。

宿泊予定の町に着くと、またお祭り騒ぎの歓迎を受け、待ち構えていた役人の先導で豪奢《ごうしゃ》な商人屋敷に誘導された。

「どうぞ今宵《こよい》はごゆるりとお寛《くつろ》ぎを」

役人と町の有力者らしき男たちが居並ぶ広間には、すでに豪華なもてなし料理が準備されていた。分厚い絨毯《じゅうたん》の上に手のかかった食膳《しょくぜん》が並べられ、そこここに香炉《こうろ》や調度品が飾られている。宮中《きゅうちゅう》のしつらえほどではないものの、飾り棚や天井の燭台《しょくだい》のきらびやかさにもアーシェは目を瞠《みは》った。

「宮中のお方はどうぞごゆるりと」

いつものように給仕をしようとしていると、屋敷の使用人に止められた。自分も「宮中のお方」になるらしいことに驚いたが、ナーイムに断るとかえって失礼になると言われ、他の者と一緒に広間のはしっこの席について、もてなし料理をいただいた。

みな絨毯に直接腰を下ろしているが、ラシードだけは寝椅子に寛ぎ、そこに家の主《あるじ》や商人《しょうにん》頭《がしら》といった者たちが入れ代わり立ち代わり挨拶《あいさつ》をしては恭《うやうや》しく桂花茶《けいかちゃ》や蜜絡《みつがら》めを捧《ささ》げる。

物腰柔らかな美女が舞を披露《ひろう》し、可愛らしい子どもたちが曲芸を見せ、賑《にぎ》やかに夜は更《ふ》けていった。

「おまえは寝室警護のために連れてこられたのだからな。しっかり警護せよ」

寝支度が整いました、と使用人が呼びに来て、ナーイムが微妙な表情を浮かべつつアーシェを促《うなが》した。

「おう、これは愛妾殿《あいしょう》ではないか」

ちょうど通りかかった浅黒い肌のラシードの側近が陽気に近寄ってきた。

「スルブさま」

ナーイムが牽制《けんせい》するようにアーシェの前に立ったが、スルブと呼ばれた男は意にも介さず、アーシェににっと笑いかけた。

「厨房《ちゅうぼう》でお見かけした際は芋《いも》の皮を剝《む》いておられたが、実にたいしたお手並みだった」

皮肉な物言いだが、どこか親しみがこめられている。ラシードと似た匂いがして、アーシェはつい「はい、わたしの得意は野菜の皮剝きと物語を語ることです」と胸を張った。

「これ、スルブさまにそのような口の利き方を」

ナーイムにたしなめられてあっ、と口を押さえたが、スルブは愉快そうに笑った。

「なるほど、ラシードが愛らしいと言う意味がようやく俺にもわかったぞ」

妙に納得した様子で、スルブはつくづくとアーシェを眺めた。

「愛妾殿は実に表情豊かだ。いつか俺にも物語を聴かせてくだされ」

「はい、よろこんで！」

「いいから早く行け」

ナーイムに追いたてられるようにして、アーシェは使用人について行った。いくつも角を曲がった奥に両開きの扉があり、「こちらでございます」と使用人が恭しく戸を開けた。ラシードを迎えるにあたって、壁の飾りから敷物にいたるまで、細かく気を配っていることは一目でわかった。

「では、検《あらた》めをいたします」

教えられた作法通りに閨《ねや》の敷きものを検め、香の匂いに不審がないか確かめる。長く続いた戦争の時代、主が出先で宿をとるときに従者が不審がないかを検分していたことに由来する礼儀作法だ。

「お検め、ありがとうございます」

アーシェが確かめ終わると、屋敷の使用人が両手を交差させて礼をした。

「ご厚意《こうい》、受けとりましてございます」

アーシェもかしこまって決まり文句で挨拶を返した。

使用人が引き下がり、ややしてラシードが現れた。

「お勤めご苦労さまでございます」

ラシードにも作法通りに手を交差させて頭を下げると、失礼にも噴き出した。

「おまえはどうも、そういう作法をすると芝居がかって見えるな」

「それはラシードさまがそういうふうに見るからでしょう！　お屋敷の方は笑ったりしません

でしたよ」

「おお、悪かった」

アーシェの抗議に、ラシードは楽しそうにひょいとアーシェを担《かつ》ぎあげた。そのまま閨に連れていかれる。

「アーシェ、故郷の景色はどうだった」

絹の褥に降ろされて、ラシードが顔を覗き込んできた。声に優しい労《いた》わりが滲《にじ》んでいて、アーシェは瞬《まばた》きをした。真っ赤な夕陽を映したエドナ河が目に蘇《よみがえ》る。

「土の色や河の流れは以前のままで、でもなにもかも焼失してしまったはずだと覚悟をしていましたが、わたしの育ったところにも緑が戻り、ぽつぽつ家なども建っていまして、なんだか、――なんだかわたしは…」

また急にこみあげてくるものがあったが、胸に迫ってくるのは喪失《そうしつ》の苦しさよりも、再生されつつある故郷への希望のほうがまさっていた。

「どうした?」

「いつか、またエドナ河の見える場所で暮らしたいと…、そう思いました」

「そうか」

涙ぐんでしまい、ラシードが指先で目を拭《ぬぐ》ってくれた。

「でも、ラシードさまのおそばにいたいという気持ちのほうが強いのです。ですからただの夢です。それでいいのです」

一生懸命言うと、ラシードが安心させるようにアーシェの背を軽く叩いた。

「アーシェ、今日は疲れただろう」

ラシードはそっとアーシェの前髪をかきあげ、今日はもう寝るがいい、と額《ひたい》に口づけを落とした。

「──ラシードさま…」

慕《した》わしさが溢れて、アーシェはラシードの胸に頭をくっつけ、両手両足でしがみついた。

「どうした」

ラシードの股間が固くなっている。隠しもしないが、特に誇示《こじ》することもなく、アーシェを休ませてやろうと考えているのはわかる。

条件反射のように、アーシェの股間も熱を持った。ラシードがひそやかに笑い、しかしなにもしない。ただ甘やかすように髪を撫でるラシードに、アーシェはむずむずする身体を持て余した。

「ラシードさま…あの、…」

口づけをしてほしくて顔を上げると、唇が重なってくる。アーシェはラシードの首に回していた腕に力をこめ、舌を求めた。吐息が甘く湿り、ラシードの舌がアーシェの小さな舌を絡めとる。それだけで、他愛《たわい》もなく欲情した。

「――っ、……」

自分から身体をすりよせると、さらに高まった。

名前を呼ばれただけなのに、ぞくっとしてラシードに強くしがみついた。大きな手が試すように腰を撫でて、アーシェは知らず誘うような声を洩らしていた。

「アーシェ」

性愛をまったく知らなかった身体は、毎晩ラシードに愛されてあっという間に目覚めてしまった。性に関することがらそのものは、市場で嫌というほど見聞きしていたが、実際自分が経験すると驚きの連続だった。

口づけがこんなに心を揺さぶるものだとは知らなかったし、好ましいひとの性器が自分に欲情して逞《たくま》しく勃《た》ちあがるのがこれほどの歓びになるとは想像もしなかった。

ラシードの鍛え抜かれた逞しい身体に組み伏せられ、肌を密着させると陶然《とうぜん》となってなにも考えられなくなる。

ラシードはいつも底なしに甘く、アーシェはいつの間にか身も心も明け渡してしまっていた。されるままに身体を開き、促されるまま淫《みだ》らな行為に耽《ふけ》る。この人は決して自分を傷つけない。包み込むように愛《いと》おしんでくれる。

愛情と信頼が育《はぐく》まれるにつれ、アーシェはもっと深く愛を交わしたいと願うようになっていた。自分の身体のどこをどう使えばいいのかは知っている。でもどうやって求めればいいのか、それがわからなかった。

「おまえが怖いことはなにもしない」

ラシードはひたすら優しく、もっとその先を、と思っても、なにもかも未熟なアーシェは愛を交わすとすぐに翻弄《ほんろう》され、ただもみくちゃになって終わってしまう。

「ラシードさま」

その夜もひたすら快感を与えられて、アーシェは息も絶え絶えになった。最後に内腿《うちもも》で逐情《ちくじょう》するのがいつもの手順で、すっかり肉付きのよくなったアーシェの腿に精を放《はな》って、ラシードが大きく息をついた。激しく抱きしめられ、口づけられる。

「アーシェ…」

湿った肌が密着し、快感を共有し合った満足感にアーシェもラシードの背中に腕を回した。でも、もっと深く繋がり合いたかった。

「ラシードさま、——わたしは…た、食べ…」

「うん？　なんだ、腹が減ったのか？」

はあはあ息を切らしながら思い切って言ったのに、ラシードはアーシェの頬や耳に口づけながら見当違いの返事をした。

「ち、違います！　食べられたい、のです」

勢いで言ってしまって、アーシェはかーっと顔が熱くなった。それでもまだラシードは怪訝《けげん》な顔をしていたが、ようやくアーシェの言いたいことの意味を悟《さと》って、ほう？　と目を細めた。

「た、食べられたくなったら、いつでも言えと、ラシードさまがおっしゃったのですよ」

指や舌で、そこに快感が潜《ひそ》んでいることを教えたのはラシードだ。暗がりでも赤くなっていることはわかるのだろう。アーシェにもラシードが口元を緩《ゆる》めて笑うのがわかった。

「そうか。俺に食われたくなったか」

恥ずかしかったが、アーシェはラシードの瞳を見つめてうなずいた。ラシードは感慨深げにアーシェを見つめ、もう一度「そうか」と噛み締めるように繰り返した。

「それでは王宮に帰ったら美味《おい》しくいただくことにしよう」

「今すぐではなく？」

思わず言うと、ラシードが噴き出した。

「俺の愛妾殿は、ずいぶん積極的になられたようだな？」

ラシードは愛おしくてならない、というように指先でアーシェの濡れた前髪を梳《す》いた。

「おまえを初めて食べるのに、情を交わしたあとについでのように果たしたくはない。王宮に帰り、おまえが疲れを癒《いや》したのちに、ありがたくいただこう」

愛情に満ちた声に、アーシェは自分の性急さが恥ずかしくなった。

「さあ、今度こそ寝《やす》むがいい。今日は疲れているはずだ」

ラシードが用意されていた拭《ふ》きものを使ってアーシェの身体を清めてくれた。本来、アーシェがするべき始末だが、いつもラシードがしてくれる。閨でくらいは俺に甘えろ、と楽しげに言われ、アーシェも直後はぐったりしているのでされるままになってしまい、それがすっかり習慣になっていた。

「ラシードさま」

手を伸ばすと、かがみこんで口づけをしてくれる。

「さあ、寝め」

服を直し、ラシードと柔らかものにくるまると心から安穏《あんのん》として、アーシェは小さくあくびをした。目を閉じると、夕陽で真っ赤に染まったエドナ河が瞼《まぶた》に浮かび、それがさらに故郷を焼き尽くした炎を思い出させた。

アーシェはぎゅっと目をつぶった。

あの夜、物音で目を覚ました時にはもう熱気がすぐそこに迫《せま》っていた。死に物狂いで窓から脱出して無我夢中で逃げ延びたが、あのときもっと早く気づいて家族に知らせることができたら、とどんなに考えてもしかたのないことを果てしもなく考えた。

せっかく耳がいいのに、肝心《かんじん》のときには自分自身を救うのだけで精一杯だった。

もっと早く気づいていれば。もっと自分がしっかりしていれば。もっとなにか……できていたかもしれないのに。

――いつの間にか眠りに落ちていて、アーシェはかすかな物音にはっと目を覚ました。天井がわずかに軋《きし》んでいる。

反射的に身を起こしかけ、次にぐっと我慢した。とっさに寝ているふりをしたのは、天井の物音がこちらを窺っている気配がしたからだ。激しい動悸に耐え、アーシェはじっとしていた。ラシードはアーシェの隣でぐっすり眠っている。逞しい胸が上下しているのを薄目を開けて確認し、アーシェは全神経を耳に集めて音の正体を探った。鼠が夜中にこそこそ活動している物音かと思いながら、違う、と直感していた。

普通の人ならまず聞き取れないような物音が、明らかに天井を移動している。アーシェはごくりと唾《つば》を飲み込んだ。ラシードに知らせるべきか、それとももう少し様子を窺うべきか。判断がつかず、背中に嫌な汗が滲んだ。心臓が激しく打ってうまく音を捉えられない。こっそり深呼吸を繰り返して、必死で音を探った。

「…ラシードさま」

音が対角線上に移動し、明らかに近づいている。目を凝《こ》らすと、天井と繋がっている天蓋《てんがい》のふちが動いた。

「ラシードさま！　起きてください、ラシードさま！」

叫びながら手近にあった香炉をつかんだ。

「アーシェ？」

「賊です！」

間違いない。アーシェは閨から飛び出して、夢中で香炉を振り上げた。

「賊です！　誰か！」

アーシェが叫んだのに合わせるように、天井が音を立てて破られた。黒装束《くろしょうぞく》の二人が飛び掛かってくる。香炉を投げつけ、アーシェはラシードの前に身を投げ出した。

「ラシードさま！」

「なにっ」

ラシードは跳ね起きるなり、瞬時に状況を理解し、アーシェの腕を摑んだ。びゅっと耳の横をなにかが掠《かす》めた。

「アーシェ！」

槍《やり》が壁に突き刺さり、恐怖で全身がこわばった。黒装束の一人が槍、もう一人が手刀《しゅとう》で、槍は壁にめりこんでいる。

「ラシードさま！」

刀剣を摑むと、ラシードは槍の柄《え》を切り捨てた。そのまま手刀の男に向き直る。

「くそっ」

遠くで人の声がして、足音が近づいてくる。手刀の男がラシードに襲い掛かったが、ラシードは刀剣でその刃を払った。

「わあああ」

槍の男が一瞬のすきをついてラシードに飛び掛かろうとし、アーシェは大声をあげながら無我夢中でその男の腰につかみかかった。

「アーシェ！」

「わたしのことは放って、逃げてください！」

叫んだ瞬間、息が止まった。腹に衝撃がきて、目の前が真っ暗になる。

身体が床に叩きつけられる感覚を、不思議に遠くから感じていた。激しい物音と怒号《どごう》、罵声《ばせい》の応酬《おうしゅう》、…だんだん声が遠くなる。

ラシードさま、と名前を呼ぼうとしたが、そこでアーシェの意識は途切れた。

6

身体中が痛い。

骨がみしみし音を立てるようだ。

朦朧《もうろう》とした意識の中で、アーシェはぼんやりと目を開いた。

床が揺れている。真っ暗だ。全身を麻布《あさぬの》のようなものでがんじがらめに拘束《こうそく》されて、アーシェは転がされていた。おそらく荷馬車の中だ。がらがらと車輪が地面を弾《はじ》く音が床から直接響いてくる。口の中いっぱいに血の味が広がって、アーシェは一度目を閉じた。現実感がないせいで、なにも感じない。それとも夢を見ているのだろうか。

気を失う前のことが徐々に蘇《よみがえ》ってきて、ラシードの顔が目の前に浮かび、反射的に身を起こそうとした。

「――――!」

背中と腕に激痛が走り、アーシェはまた床に倒れ込んだ。悲鳴が口をふさがれた麻布に消える。涙が勝手にぼろぼろこぼれる。アーシェは必死であたりを窺《うかが》った。

荷馬車は狭く、空箱の他にはなにもない。アーシェ一人が麻布に巻かれていた。

どこを走っているのだろう、と幌《ほろ》の隙間から外を窺っていると、諍《いさか》いの気配が聞き取れた。さらに耳を澄ますと言い争う男の声がする。この荷馬車を走らせている御者《ぎょしゃ》と、並走《へいそう》している馬に乗っている男だ。

天井を破った黒装束《くろしょうぞく》の二人だ、と直感して、アーシェは緊張した。

車輪の音が邪魔をするが、集中するとなんとか声を拾えた。二人はラシード襲撃に失敗した責任を押し付け合っている。

「天井から槍《やり》で一撃だとかぬかしやがって」

「おまえこそ手刀《しゅとう》なんぞでどうにかなると甘く見ていたからだ」

言い争いはどんどん激しくなり、声が大きくなる。二人はどうやらティアカの王族に雇われた傭兵《ようへい》で、ラシード殺害に失敗してアーシェを盾《たて》に逃げることに成功したらしい。ラシードさまは無事だ、とアーシェは安堵した。

「よそうや。争ってもしかたがねえ」

ひとしきり罵《のの》り合って気が済んだのか、声が落ち着いた。

「それにしても、あの小僧のおかげで助かったな」

「傷つけられるのをあれほど恐れるとは、あの小僧はよほどあいつには価値があるのだろう」

ラシードの無事にほっとしたのも束《つか》の間、自分が交渉の手札に使われるかもしれないと気づいて、アーシェはぎょっとした。

「あの小僧を高く売ったらすぐ出立《しゅったつ》だ」

ティアカの側に売り渡されるのだと知り、アーシェは震えた。

なんとか逃げる道はないかとアーシェは拘束された身体をよじった。全身を拘束している麻布が首を強く圧迫していて、息が苦しい。がたん、と大きく荷馬車が傾き、今度は背中に衝撃がきた。耐え難い痛みに襲われてまた気が遠くなった。薄れていく意識の中で、初めて死を身近に感じた。

「ラシードさま……」

あの方の弱みになるくらいならそのほうがいい、という気持ちと、こんな別れは嫌だという気持ちで引き裂かれそうになり、アーシェは身をよじった。とたんに喉《のど》が圧迫される。

急速に目の前が暗くなり、アーシェはまた気を失った。

次に目を覚ましたとき、アーシェはいくつもの顔に見下ろされていた。

「目を覚ましたぞ」

「マハヤーディの者が目を覚ました！」

わんわんと声が反響し、アーシェははっと目を開いた。冷たくごつごつした岩肌に顔をしかめる。全身をきつく拘束していた麻布は解かれていたが、代わりに足が異様に重い。動かすと両足に枷《かせ》が嵌《は》められているのがわかった。

「ここ、は……」

饐《す》えた臭いが鼻につく。一時身を寄せていた貧民窟《ひんみんくつ》に充満していた臭いだ。

「ヤーズ、マハヤーディの者が起きたぞ」

一人の男が、肩越しに誰かに報告した。

腹や背に打ち身の痛みはあるものの、拘束を解かれて、身体は自由に動かせる。ややして、誰かが近づいてきた。アーシェを取り囲んでいた汚れた顔の群れが道を空け、一人の男が目の前に現れた。

「ふん」

高圧的に後ろ手を組み、そっくり返ってこっちを見下ろしてくる。アーシェを取り囲んでいた者たちはみなぼろ布に腰紐《こしひも》姿だが、男はくるぶしまである作業衣《さぎょうい》で、頭にはターバンを巻いている。まなじりの上がった鋭い目と頬骨の高い顔が酷薄《こくはく》そうで、アーシェは思わず身を竦《すく》めた。

「ラシードがこれに執着していたとは、にわかには信じられんな」

男は目を眇《すが》めるようにしてアーシェを検分し、足先で蹴《け》った。

「痛っ」

身を丸めると面白そうに笑う。

「ヤーズ、この子に乱暴してなにかあったらおまえが咎《とが》めを受けるぞ」

汚れた顔の一人が忠告するように言った。

「俺に説教するな！」

腰につけていた鞭《むち》をぴしっと鳴らすと、男たちは悔しそうに唸《うな》って黙り込んだ。

「もしこいつが本当にラシードの閨《ねや》で同衾《どうきん》していたのだとしたら、あいつに子がないのも道理よな」

鞭を肩に担《かつ》ぐようにして、ヤーズと呼ばれた男はアーシェの周りをぐるぐる回った。

ラシードさまを呼び捨てにするなんて、と腹が煮えたが、今は我慢だ、とアーシェは奥歯を嚙みしめていた。状況がまったくわからない以上、よけいなことは慎《つつし》むべきだ。

そっと周囲を見渡すと、アーシェが繋《つな》がれているのは岩牢《いわろう》だった。陽の差さない地下で、自然の洞穴《ほらあな》に柵《さく》を嵌《は》めこんで作られた牢だ。

顔の汚れた男たちは八人ほどで、みな両足にずっしりと重い枷を嵌められている。よく見ると、大人たちの間に一人、指をしゃぶっている幼い子どもがいた。アーシェも栄養不足のせいで子ども扱いされてきたが、その子は正真正銘の幼児だ。こんな子どもまで牢に入れられているのか、とアーシェは眉をひそめた。

「今、おまえのところの王様は、おまえを取り返そうと躍起《やっき》になっておるらしい。助かるといいがなあ。どうなるだろうなあ」

ヤーズはにやにやとアーシェに話しかけ、鞭を肩に担いで牢の外に出て行った。頑丈《がんじょう》な柵ががっちりと閉じられる。陽が差さないので薄暗く、今が朝なのか、夜なのかもよくわからなかった。油灯《ゆとう》が牢の外にひとつ置かれていて、岩肌に不気味な影を作っている。ヤーズは柵の向こうに敷かれていた一人分の絨毯《じゅうたん》の上に腰を下ろした。

「あれでも昔はちゃんとした役人だったのだがな」

男の一人が嘆息《たんそく》しながら呟いた。周囲の男たちは無言だったが、同意しているのは空気でわかる。

「あの」

アーシェはおそるおそる男たちに話しかけた。

「わたしはマハヤーディ王国の者なのですが、ここは、ティアカ王国…なのでしょうか」

男たちは顔を見合わせ、目配せし合うと、一人が代表するようにアーシェに向かってうなずいて見せた。

「おまえさんは、マハヤーディの放《はな》った間者《かんじゃ》として捕捉《ほそく》され、獄《ごく》につながれている」

言われた意味が、すぐには理解できなかった。

「王室の機密情報を盗もうとしているところを捕らえたと」

「そっ、そんな馬鹿なことが！」

思わず大声を出してしまい、しっ、とたしなめられて口を押さえた。ヤーズはじろりとこっちを見たが、面倒そうに目を閉じた。

「わ、わたしはマハヤーディの商家《しょうか》に宿泊していたところを、ティアカの雇《やと》った傭兵に拉致《らち》されてきたのです。そ、それを間者などと…！」

「嘘だということはみな知っている。ただ、そういう言いがかりで交渉しようとしているのだ。仔細《しさい》は我らも知らぬが、マハヤーディ側は交渉に乗っているそうだから、おまえさんの命は助かるかもしれんな」

「そんな」

自分がラシードの弱みになると思うと、いてもたってもいられない。

「まあ、なるようになる」

一人がアーシェを慰《なぐさ》めるように言い、他の男たちもうなずいた。

男たちは誰が誰だか見わけがつかないほど泥や垢《あか》で汚れきっているが、物言いに品があり、態度も理知的だ。

「あの、失礼ながら、あなたがたは…」

「我らは反逆罪で近く処刑される罪人だ」

諦観《ていかん》をにじませ、一人が答えた。

えっ、と驚いて、アーシェは一人の男の膝で指を吸っている幼児を見た。

「女子どもも、別の獄に繋がれている。この子は母を亡くしたのだ」

「そっ、そんな、こんな子どもまで…？」

ティアカが権力争いに明け暮れて弱体化してしまったという噂はアーシェも耳にしていたが、その実際に触れて慄然《りつぜん》とした。

「もうこの国は終わりだ」

一人が吐き捨てるように言った。

「王位継承の正当性を取り繕《つくろ》うことすらしなくなった。私利私欲で動くくらいならまだしも、密告屋と怯懦《きょうだ》が権力を握ってしまったら、本当に終わりだ」

ヤーズが柵の向こうでぴしっと鞭を鳴らし、男たちは沈鬱《ちんうつ》に黙り込んだ。

ヤーズはもとはこの人たちの仲間だったのかもしれない、と推測して、アーシェは嫌な気持ちになった。幼い子どもだけがわけも知らずに無心に指を吸っている。腹が空《す》いているのだろうと可哀そうになり、アーシェはふと思い出して服の隠しを探った。

「あ、あった」

商家でもてなしを受けたときに、珍しい菓子が出たので少しとっておこうと隠しに入れておいたものだ。

「はい、どうぞ」

餅《もち》の中に胡桃《くるみ》や干し杏子《あんず》が入っていて、表面に粉砂糖がまぶされている。手のひらに乗せて差し出すと、男の子は目を丸くしていたが、おそるおそるつまんで、口に入れた。

「美味《おい》しい？」

男の子は目を丸くしたままうなずいた。痩《や》せた頬がもぐもぐと動き、微笑《ほほえ》ましく見ていると、男の子の目にみるみる涙が浮かんだ。

「すまない」

父親らしい男も涙ぐんでお礼を言った。

「よかったな、最期《さいご》に旨《うま》いものが食えて」

食うや食わずで町をうろついていた頃の自分と男の子が重なって、アーシェは辛《つら》くなった。

「このお菓子はね、魔法のお菓子なんだよ」

もっとたくさんとっておけばよかった、と後悔しながら、アーシェは男の子の手をとって引き寄せ、自分の膝の上に乗せた。

「まほう？」

男の子が首をかしげた。

「うん。食べると魔法使いになれるの。今、お腹の中で魔法がきゅるきゅる大きくなってる。さあ、どんな魔法かな？」

アーシェは男の子のお腹をとんとん叩いて、「あっ、動物に変身できる魔法だ！」と声を弾《はず》ませた。男の子の表情が明るくなった。

「最初はねずみに変身したよ。ちゅうちゅう鳴いて、お城の中でいたずらしてる」

アーシェは男の子が変身したねずみを主人公に、美味しそうなお菓子や果物を盗み喰いする様子を語った。男の子は目を輝かせて聴き入っている。

「今度は杏子の砂糖漬け。瑠璃壺《るりつぼ》に入っているのは蜜《みつ》入り団子。向こうには細かく砕《くだ》いた胡桃の煎餅《せんべい》。どれもこれも美味しいーー！」

ふふっと男の子が笑った。アーシェは膝を揺らし、「ところがそこに黒い影。のっそり現れた、あれはなーんだ」と声を作った。

「なあに？」

「猫！」

「ねこ！」

男の子も声を弾ませた。

猫に襲われそうになり、これはいけないとねずみは猫に大変身。そこにお姫様が通りかかって「まあどこから来たの？」と抱っこをされる。可愛がられて過ごしていると王子様に邪魔にされ、それならと王子様よりすてきな男の人にまた変身。でもお姫様にばれそうになってお城を脱出。すると騎士に「姫に追えと命じられた」と呼び止められ、これはまずい、と今度は大男に変身。騎士の馬を奪って森に入り、そこで魔物に遭遇。それならこっちもと魔物に変身…。

変身するたびに冒険が大胆になり、男の子は口をあけてアーシェの話に夢中になっている。

「さあ、絶体絶命！　崖《がけ》から転がり落ちそうになったそのとき…」

アーシェの手を握っていた小さな手が、ぽろっと離れた。見ると男の子はアーシェの膝の上で眠り込んでいた。

「寝てしまいました」

顔を上げると、思いがけず男たちもアーシェの話に聴き入っていた。

「いや、つい引き込まれてしまった。この子も興奮しすぎて疲れて寝たようだ。子どもながらにずっと緊張していたせいだな」

父親が不憫《ふびん》そうに言って男の子を引き取った。

「おまえさんは話がうまい。俺もついつい聴き入った」

「ここではなにもすることがなく、無聊《ぶりょう》に悩んでいたからありがたい」

絶望的な状況のはずなのに、物語を語っている間はアーシェもそれを忘れて楽しんだ。

「おまえさんは、芝居小屋にでもいたのか」

「いえ。ただ物語を語るのが好きなのです。物語を語っていると、たとえひと時でも、辛いことを忘れられますから」

そして喜んでもらえるのがなにより嬉しい。闇に寝そべり、アーシェの膝に頭を乗せて話を聴いてくれたラシードの姿が目に浮かび、アーシェはぎゅっと拳《こぶし》を握った。今ごろ、ラシードさまはどうしておられるだろうかと考えると胸が苦しくなる。

「あの、よかったらわたしの物語を聴いていただけますか？」

「ああ、もちろんだ」

「なにか明るい話がいいな」

柵の向こうでヤーズは知らん顔をしている。うるさいと制することもできるのにそれをしないのは、もしかするとヤーズも聞いているのかもしれないし、もしこの人たちを裏切ったのなら、監視しているヤーズも実は辛い立場なのかもしれない。

「明るい話ですね。それでは一つ、語りましょう」

アーシェは声を張って、ヤーズまで聞こえるように話を始めた。

ラシードに喜ばれた、太っちょの料理人のつまみ食い話、抜け目のない商人と間抜けな金持ち旦那の駆け引き話、仕掛けがあって笑える話を続けてすると、みな声を上げて笑い、膝を打って喜んでくれた。

「面白い」

「こんなに笑ったのは久しぶりだ」

「もっとないのか」

横目で見ると、ヤーズは顔をそむけていたが肩のあたりが笑いをこらえるように動いている。

「では、蛇《へび》使いと猫飼いの、ああ言えばこう言うのお話を…」

そのとき、外のほうから光が入ってきた。

みながはっと緊張するのがわかった。足音と話し声が聞こえ、ヤーズが飛び出して行く。

「どうかしたのですか?」

横にいた男に訊くと、こわばった顔のまま小さく首を振った。

ややして、小柄な男が数人を従えるようにして柵の向こうに現れた。

「ほ、目を覚ましたか」

首に金鎖《きんぐさり》を巻き、髭《ひげ》をたくわえた男がアーシェのほうを見て目を眇《すが》めた。腕にも指にも金の飾りをつけ、衣装も豪華なのに、なぜか気品が感じられない。王族の生まれではないのかもしれない、とアーシェは緊張しながらも男を観察した。

「こんな変哲もない輩《やから》がラシードと同衾しておったとか、人質にとったら手も足も出ない様子だったとか、にわかには信じられなかったが、本当だったわ。無事に返すなら話し合いに応じてもいいと言ってきよった」

後ろに控えている男に向かって甲高《かんだか》い声で話す様子もただ威圧的なだけだ。そしてラシードが自分のせいで譲歩を余儀《よぎ》なくされているらしいと知って、アーシェは暗澹《あんたん》とした。こんなことならやはり襲撃されたときに殺されたほうがよほどよかった。

「無事かどうかとうるさくてな、よほどこやつが大切らしいぞ。手か足か、切って届けさせてやればどんな顔をするか見ものだとは思わんか」

目を細くしてにたりと笑った顔に、アーシェはひっと小さく悲鳴をあげた。

「ダィーフさま、それは」

後ろに控えていた男が慌てたように口を挟んだ。

「ラシードを怒らせるのは得策ではございません。マハヤーディ軍が精鋭揃いなのは事実でございまして…」

「黙れ!」

ダィーフが甲高い声を張り上げた。

「マハヤーディなど畏《おそ》れるほどのものではなかろう!　そもそもわれらの利に群がる小国だったくせに、いつのまにやらのさばって、やれ交易権だ条件交渉だと対等な口を利くようになりおった」

ダィーフが苛々《いらいら》と舌打ちをして、アーシェを睨んだ。

「世継ぎのない王など、屑《くず》同然だ。あいつさえ殺《あや》めてしまえば必ず後継問題で混乱してマハヤーディなどあっというまに没落《ぼつらく》しおる。ラシードがどれほど有能か知らぬが、王が有能なら有能なほど、斃《たお》れたときは脆《もろ》いものだ。必ず仕留めてみせますなどと大言壮語《たいげんそうご》しよったくせに、あの腑抜《ふぬ》けめらが」

ダィーフが足を踏み鳴らし、みな嫌悪《けんお》を押し殺した顔で黙りこくっている。自分を攫《さら》った男二人がどんな目に遭ったのか、ダィーフのうしろで縮こまっている者たちの様子からアーシェはよくない想像をした。

「マハヤーディの者よ」

アーシェの隣にいた男が、唐突に話しかけてきた。

「は、はい」

「わたしはあなたが羨《うらや》ましい。マハヤーディの王は真の名君だ。無用な争いは避け、挑発には乗らず、できうる限り周辺国と友好を結びつつ、賢く益を得て領民を豊かにしている。領民を無益に苦しめる愚弄《ぐろう》な君主に長年苦しんだあげく、暗愚《あんぐ》な家臣の裏切り合戦でめちゃめちゃになってしまった国の民である我々は、名君を戴《いただ》けるあなたが心から羨ましい」

ダィーフは初めは不審げに眉を吊り上げていたが、暗がりでもわかるほど顔を怒りで染めた。

「よう言うたな、この反逆者めが！」

「反逆者は誰だ！　一番卑怯で一番残酷な人間が醜《みにく》い方法で権力を握ったというだけのことで

はないか！」

憤怒《ふんぬ》に声が震えている。ダィーフは一瞬たじろぎ、たじろいだことを取り繕うように大声を張り上げた。

「おお、よう言うた！　ならば明日、全員処刑だ！」

自分の声に興奮し、さらに激高《げっこう》して、ダィーフはアーシェを指さした。

「そうだ、おまえもだ！　目玉を抉《えぐ》り、耳を削《そ》ぎ、無残《むざん》に切り刻んでからラシードのやつに送りつけてやる！」

7

岩牢《いわろう》の中は陰鬱《いんうつ》な沈黙に沈んでいた。

ダィーフたちが去ったあと、ヤーズが「馬鹿が」と吐き捨てるように言って、あとは誰も一言も発さなかった。

「すまん」

長い沈黙のあと、ダィーフに憤《いきど》りをぶつけた男が、ぽつりと謝った。

「いや。遅かれ早かれ、こうなっていた」

「ああ、とっくに覚悟はできている」

みな力をなくしたように掠《かす》れた声で答えた。

お父さん、と涙声がして、いつの間にか起きていた男の子が隅のほうで怯《おび》えていた。

「ああ、大丈夫だ。おいで」

父親が男の子を抱きしめて泣いている。

アーシェはなんとか涙をこらえた。ラシードの弱みになるくらいなら死んだ方がましだと思っていたが、いざ処刑と言われたら、みっともなく足が震えた。

「マハヤーディのお方」

呆然としていると、男の子の父親が、アーシェのほうを向いた。声が震えている。

「この子になにか話を聴かせてやってくれないか。なにか、楽しい、勇気の出るような話を」

絶望に沈みかけていたアーシェは、はっと顔を上げた。

饐《す》えた臭いのする岩牢で、垢《あか》と泥で汚れた罪人たちが自分のほうを見ている。もう明日には処刑される身で、自分に話をしてくれ、と言ってくれる。なにも持たないアーシェが唯一できることだ。

「は、はい。喜んで」

ぐすっと鼻をすすり、アーシェは袖《そで》で顔を拭《ぬぐ》った。

手を伸ばして父親の膝《ひざ》に乗っている男の子の指を握ると、小さな手がアーシェの手を握り返してくれる。ともすれば恐怖と絶望に呑まれそうになる自分を叱咤《しった》し、アーシェは男の子ににっこりして見せた。無理に顔だけ笑ったはずなのに、不思議に気持ちが鎮《しず》まった。

アーシェは一度深く息をして、それから口を開いた。

「これは、ヤギ一家のお話です。ある大きな河岸に、ヤギの家族が住んでいました……」

アーシェの物語は、見聞きした芝居の物語を頭の中で捏《こ》ねまわし、即興《そっきょう》で面白そうな方向に変えたり、聴いている人を登場させたりで作っている。聴いてくれる人が疲れているときには和《なご》やかな話を、沈みがちな人には明るい話を、と心掛けていた。

でも今はこの男の子に物語るのと同じくらい、自分のためにも語ろうと思った。

「ヤギの家族は全部で七人。お祖父ちゃんとお祖母ちゃん、お父さんとお母さん、それにお兄さんと妹と弟、みんな仲良く暮らしていました」

クシャリアの村で、アーシェの両親は街道を通る商人たちに食べ物を出したり水を売ったりして生計を立てていた。決して豊かではなかったが、食べるものには困らず、アーシェは祖父母にとって初めての孫だったのでとても可愛がられたし、妹や弟もアーシェに懐《なつ》いていた。あのころは、物語など知らなかった。なくても毎日楽しかった。

なにもかもを失くしてから、物語はアーシェを救い、支えてくれた。

「そんな楽しいある日、突然、一家を狼が襲いました。そのヤギはとっても耳がいいので、狼の足音を一番早くに聞きつけて、家族に『狼が来る！　どこかに隠れて！』と叫んで、自分は助けを呼びに飛び出しました」

ヤギの家族はそれぞれ壁の隙間や道具箱、倉庫や地下に隠れ、ヤギの子はそれを見届けると、泣きながら隣町の親戚のところに駆けだした。

男の子は目を見開いて、じっとアーシェの語るお話を聞いている。アーシェは深刻になりすぎないように気をつけて、家族が協力して狼を出し抜きながら家の中をあっちこっち逃げ回る様子を語り、「一方そのころヤギの子は」と主人公の冒険を力を込めて語った。

ヤギの子は盗賊に攫《さら》われそうになったり、僧侶に連れていかれそうになったりを危機一髪で逃げ延びながら一人河を渡り、山を越え、隣町にたどり着く。ところが親戚のヤギ一家は、「狼をどうやって追い払うんだい」「恐ろしいよ」と力を貸してくれない。

「お願いします、お願いします、とヤギの子は一生懸命すがりついたのですが、親戚のおじさんは、『強いものにたてついたってどうせ無駄さ』と首を振ります」

「どうして」

男の子がアーシェの手をぎゅっと握った。

「おおかみに、やぎのこのかぞく、たべられるよ」

「でも狼は怖いでしょ?」

アーシェが男の子と目を合わせて言うと、男の子は「こわいね…」としょんぼりした。

「おまえはうちの子になればいい、と親戚ヤギのおじさんは言いました」

アーシェは話を続けた。

「どうせおまえの家族はみんな狼に食われてしまう。可哀そうだがしかたがない。おまえはうちの子にしてやろう。家族のことは忘れ、さあ家にお入り」

自分の希望と物語を重ね、そしてほんのわずかの企《たくら》みをもって、アーシェは柵《さく》の向こうのヤーズを窺った。ヤーズもアーシェの語りを聴いている。少し前から気づいていた。

「子ヤギはぽろぽろ涙を流し、首を振りました。そんなことできません。家族みんなで仲良く暮らして、そりゃ弟や妹とは喧嘩もしたし、父さんや母さんにはしょっちゅう叱られたけど、だけど僕には大事な家族なんです。どうしても助けたいんです」

話していると、火に追い立てられてなにもできなかった無力感と後悔が蘇《よみがえ》った。でも、賊に襲われたときは立ち向かうことができた。ラシードの命を救えた。

アーシェは腹に力をこめた。

生きて帰りたい。

あの人のところに、帰りたい。

「できなかったことなら、しかたない。でもまだできることがあるなら全力でやってみたい。どうか僕に火打ちを貸して」

子ヤギは火打ちを借りると、また一人泣きながら家に走った。来たときと同じ道を、今度は盗賊を避け、僧侶を無視し、河も山も来た時の経験を生かして駆け抜ける。一度辛《つら》い思いをしたから、二度目は楽に切り抜けられた。それなら狼を追い返すことだって絶対無理とは限らない！　でも子ヤギは家の近くまで来て力尽き、足が動かなくなってしまった。家の屋根は見えるのに、早く助けに行きたいのに、足がどうしても動かない。

アーシェの手を男の子がぎゅっと握った。大人たちもじっと聴き入っている。

「そのとき、誰かが子ヤギを助け起こしました。見ると、親戚のおじさんヤギです。ああは言ったものの、やはり子ヤギが心配で、こっそりあとをついてきていたのです。おじさんヤギは『どうするつもりだ』と子ヤギに聞きます」

柵の向こうで、ヤーズがじっと聴き入っている。

「『手を貸してください』と子ヤギはいいました」

アーシェは物語を続けた。

「子ヤギの家族はいつも『さあ出かけるよ！』という父さんの掛け声で家を出る習慣がありました。子ヤギはおじさんヤギの背に乗って家に着くと、大声で『さあ出かけるよ！』と叫び、玄関先の藁《わら》に火をつけました。家族は子ヤギの合図に気づいて隠れていた場所からいっせいに飛び出しました。狼は一度に現れたヤギたちにびっくり仰天《ぎょうてん》。肝《きも》を潰《つぶ》している隙に全員家から脱出しました。『さあ、扉をふさいで！　戸口を閉めて！』火のついた藁を投げ込むと、子ヤギの号令で全員で窓という窓、戸口という戸口を外から閉め、そして一目散に逃げ出しました。大成功です！」

少しの沈黙のあと、はー、と男の子が息を吐いた。

「やぎさん、やった」

「うん」

「よかったぁ」

そのあと狼はしっぽを焦《こ》がしてほうほうのていで逃げていき、みんなで家を建て替えたところで話をおしまいにした。

男の子が「やったー」とぱちぱちと手を叩いてくれて、大人たちも拍手に加わった。

「しかし狼めがしっぽを焦がすくらいで済んだのは納得がいかんぞ」

「そうか？　ヤギは誰も食われていなかったのだから俺は納得だ」

大人たちが口々に意見を言い合っている。

「親戚ヤギは、一度は見捨てたが、やはり気がとがめたのだな」

「うむ」

アーシェは柵の向こうを見た。ヤーズが膝を抱くようにして、なにか考えに沈んでいる。

アーシェは重い枷《かせ》を引きずって、柵の前まで行った。ヤーズが顔を上げる。

「なんだ」

「助けてください」

アーシェは柵を握り、顔をくっつけるようにして頼んだ。ヤーズは虚《きょ》を突かれたように目を見開いた。背後の大人たちも驚いている。

「――なんだと？」

「お願いです。助けて下さい。ここを開けて、この枷を取って下さい。どうか、どうか、お願いします」

ヤーズは大きく目を瞠《みは》ったまま、無言でアーシェを凝視《ぎょうし》している。

「お願いします！」

ヤーズは何か言おうとして口を開いたが、ごくりと唾《つば》を飲み込んで、視線をそらした。

ラシードさまの弱みになるくらいなら殺されたほうがいい。

取引の材料になっているくらいなら死んだほうがました。

そう思っていたけれど、それは今も変わらないけれど、それよりアーシェはラシードが「俺を見捨てるのか」と言った、あのときのことを思い出していた。

おまえの語る物語に癒《いや》され、おまえのそばで眠りたい、おまえがいないと辛いのだ――わたしが死ねば、きっとあの方はひどく悲しむ。自分を責めて苦悩する。

それは嫌だ。絶対に嫌だ。

「わたしは生きて帰りたい。生きて帰らねばならないのです！　お願いします！」

「なに、を、馬鹿な――」

「ヤーズ！」

男の一人も柵のところまで来た。

「頼む、ヤーズ。おまえは昔は俺たちの仲間だったじゃないか」

「ヤーズ、一緒にメシを食ったろう」

一人、また一人と柵のところに足を引きずって男たちがやってくる。

「ズンカに脅《おど》されてこんなことになったんだろう？」

「だがあいつだって罪をきせられてもういないじゃないか」

「ヤーズ！」

「ヤーズ！」

「う、う、うるさいっ」

ヤーズは両手で耳をふさいで小さくなった。

「柵を開けたって、枷を外してやったって、岩牢の向こうにも見張りがいるんだ。俺だって信用されてないんだ…っ」

「ヤーズ。どうせ俺たちは明日処刑されるんだ。ヤギの家族のように、一か八《ばち》かで勝負したい。おまえは親戚のおじさんヤギだ。俺たちに力を貸してくれ」

「狼はいずれおまえのところにも行くぞ。ズンカのようになりたいのか？」

ヤーズはとうとう泣き出した。一人が柵の間から手を出して、力づけるようにヤーズの肩の上に乗せた。もう一人がヤーズの手を握った。

「マハヤーディの者よ」

男の一人がアーシェのほうを向いた。

「我らはもうこのティアカには希望が持てないのだ。王位継承がまともにできなくなってから全てが悪いほうに傾き、なにもかもが混乱して、恐怖と暴力でぜんぶが決まる。だから領民はみな国を捨てて逃げ出しているのだ。ティアカを捨ててマハヤーディに逃れる領民があとを絶たないのはおまえさんも知っているだろう。俺はいっそのことマハヤーディの王に全てを託《たく》したい。俺たちは今から死ぬ気でおまえさんを逃がす。ラシード王に助けてほしい。一か八かだ」

ヤーズが突然立ち上がった。

みなの視線を受け止めて、ヤーズは真っ赤になった目を擦《こす》り、掠れた声で囁いた。

「外の見張りは、三人だ」

8

ティアカの伝書《でんしょ》を携《たずさ》えてきた男ははた目にもはっきりとわかるほど怯《おび》えていた。

「アーシェが間者《かんじゃ》だと?」

怒りでどうしようもなく身体が震える。ラシードは伝書を一瞥《いちべつ》して破り捨てた。

「ラシードさま」

脇に控えていたスルブが落ち着け、というように声をかけてきた。

商家《しょうか》の大広間を仮の軍議場にして、エドナ河を渡る準備を整えているところにティアカの使者が来た。河を馬で無理に渡ってきたらしく、全身ずぶぬれだ。

雨にでも打たれたような恰好《かっこう》で目の前で片膝《かたひざ》をついているティアカの使者を、もう少しでそのまま斬り捨てるところだった。伝書を足でにじり捨てると、ひっ、と声をあげて使者が平伏した。

エドナ河のほとりにある商家に宿泊したのは、ティアカとの国境警備を視察するためだった。それがまさかこんな結果になるとは。

ティアカの雇《やと》った傭兵《ようへい》は、門番二人と商家の護衛四人をいずれも槍《やり》の一突きで殺害していた。スルブがあとから調べたが、物音ひとつ立てないやり口で、アーシェの人並外れた察知能力がなければ天井からの一撃でラシードも絶命していたかもしれない。

「私の側仕《そばづか》えを攫《さら》って行った上、間者扱いするとはティアカはずいぶんな真似をするのだな」

「お、お、お引き取りに来られるのであれば、かねてよりのご相談を、と」

「我が国が整備した街道を通行権もなく使おう、というあの厚かましいご相談か?」

ラシードの怒気《どき》に、使者はさらに縮《ちぢ》こまった。

アーシェを連れ去られたときのことを考えると、叫び出したい衝動にかられる。

自分に襲い掛かってくる賊に飛びかかったアーシェは、殴打《おうだ》されて昏倒《こんとう》した。そのままアーシェを盾《たて》にされ、どうすることもできなかった。人生で、あれほど無力を感じたことはない。

「アーシェ」

目の前にあるもの全てを破壊したい。

アーシェは無事なのか。今、まさに無事なのか。それだけが心の全部を占めていて、まともに頭が働かない。ただ、一つだけ心に決めていた。

「アーシェになにかあったらティアカは即刻攻め滅《ほろ》ぼす」

かつての大国意識が捨てられず、高飛車《たかびしゃ》な態度で理不尽な要求ばかりしてくる隣国に、マハヤーディ軍議会は何度も殲滅《せんめつ》決議を出していた。それをラシードが全面戦争になればわが領民はもちろん近隣国にも影響が出る、と押しとどめていたのだ。

すでに王宮に早馬を出し、兵を揃えさせている。だが、アーシェを人質にされている間は手出しができなかった。

取引に応じると伝えろ、と使者を帰し、ラシードは激しい憎悪に耐えた。

「スルブ」

王位にある者としての振る舞いができているのか、自信がない。アーシェの身になにかあったとき、自分を制御できるかはもっと自信がなかった。

「軍の指揮はおまえが取れ。私は今、冷静な判断ができない」

スルブは一瞬目を見開いたが、すぐ「御意《ぎょい》に」と正式な臣下の所作《しょさ》を示した。

「ラシード、無理にでも少し眠れ」

スルブが朋友《ほうゆう》の立場に返ってラシードの肩に手を置いた。ラシードは首を振った。

「眠るのは、あれを取り戻してからだ」

アーシェを連れ去られて二回目の朝が明けようとしていた。

東の空が白み始めた頃、王宮の警備を残し、主《おも》だった重臣たちが揃ってエドナ河に陣《じん》を敷《し》いた。一時的にスルブに全権を移譲《いじょう》したことを伝え、ラシードはティアカからの交渉伝令を待っていた。

アーシェを取られている以上、向こうの条件を蹴《け》ることは難しい。しかしこちらはすでにエドナ河岸に兵をつけており、ティアカは国力を落としている。

「――あれはなんだ？」

陣は河向こうが見渡せる位置に敷いた。スルブが立ち上がってティアカの護岸《ごがん》に注目した。

明け始めた空は、河向こうの稜線《りょうせん》を白く浮かび上がらせている。そこに糸のような細い煙が躍《おど》っていた。目を凝《こ》らすと、煙は二本、三本と増えている。

「なんだ？」

ラシードもスルブの横に立った。

「――火事か？」

「火事？」

「どういうことだ」

ティアカで何かが起こっている。

「舟を出せ！」

焦燥《しょうそう》にかられ、ラシードは刀剣を腰に差すと大声で命じた。

「陛下」

「舟だ！」

スルブが慌てたようについてくる。

「ご自分で行かれるおつもりか！」

「向こうにはアーシェがいるのだ」

「陛下！　なにかがこちらに向かっております！」

そのとき、護衛が叫びながら飛び込んできた。

「河を渡って、こちらに近づいています」

スルブと素早く目を見かわし、争うように陣から出た。見ると、まだ暗い河を、確かに何かが渡って来ていた。舟ではない。

「あれはなんだ——馬か？」

スルブが不審げに目を凝《こ》らしている。

乾季が訪れる狭間《はざま》の時期で、エドナ河は水かさが減ってはいたが、まだ馬で渡ることができるほど浅くはない。もがくように進んでくるのは、しかしやはり馬だ。

「おい、あれは！」

馬に誰かがしがみついている。小さな影だ。

「舟を出せ！」

制止しようとするスルブを退《しりぞ》け、ラシードは走り出した。

「あれを検分する。舟を出せ！」

偵察用の小舟に飛び乗ると、漕《こ》ぎ手は慌てたように馬に向かって漕ぎだした。どんどん馬が大きくなる。人影もはっきり目に捕らえられた。

「アーシェ！」

信じられない。だが、アーシェだ。

アーシェは馬の背にしがみついて、振り落とされないように必死になっていた。

「アーシェ！　アーシェ！」

「ラシードさま！」

舟に気づき、アーシェが大きく手を振った。

「馬鹿！」

とたんに平衡《へいこう》を失って、アーシェは河に振り落とされた。考える間もなく、ラシードも河に飛び込んだ。真っ暗な水中に沈み、しかしすぐにアーシェを見つけた。白い布がひらひらと動き、河辺育ちのアーシェは、ぶくぶく泡を吐きだしながら河面に向かって上昇していた。

「ラシードさま！」

「アーシェ！」

ほとんど同時に水面から顔を出し、アーシェはぷるっと頭を振った。

アーシェだ。

無事だった。

アーシェが生きて戻ってきた。

「ラシードさま」

「アーシェ、無事だったか」

声が震えた。しっかりと抱きしめると、アーシェも感激したようにしがみついてきた。

「陛下、あれを！」

アーシェを舟に乗せようとしていると、手を貸してくれていた漕ぎ手が慌てたように向こう岸を指差した。煙があがっていたところから赤い炎がちらちらと見え始めている。

「やはり、火事のようです！」

「火を、つけたのです」

アーシェが掠《かす》れた声で、呟くように言った。

「火を？　誰がだ」

「ティアカの、こ、心ある領民たちが、です」

アーシェはくしゃっと顔を歪《ゆが》めた。

「ラシードさま、どうかティアカの領民をお助けください！　彼らはわたしを逃がしてくれました。賢王《けんおう》のいるおまえの国に、い、一縷《いちる》の望みを、かけたいと…っ」

お願いします、とアーシェはラシードの腕を揺すった。

アーシェが戻ってきて、力が戻った。思考が明晰《めいせき》に働く。

全ての条件と可能性、大多数の幸不幸、それらが頭の中でぶつかり合って向かうべき方向に答えを導き出す。

ラシードは舟に積んでいる連絡用の弓を取った。岸辺で待機しているスルブのほうを向いて、矢をつがえる。

「ラシードさま」

「約束したな。俺はおまえの願いはなんでも叶える」

弓を大きく引き、ぐっと腕に力を込めて、ラシードは高く空に矢を放った。

宣戦布告の矢だ。

9

何度目かのまどろみから醒《さ》め、アーシェはぱちぱちと瞬《まばた》きをした。側《そば》に香炉があり、柔らかな香りが立ち上っている。

マハヤーディの後宮、ラシードの寝所《しんじょ》だ。

「アーシェ、マアディンさまがたが見舞いに来られたぞ」

どうやら起こしてくれたらしい。ナーイムがすぐそばにいた。

アーシェがティアカに連れ去られ、なんとか脱出してから十日ほどが経《た》っていた。

ティアカはたった半日で陥落《かんらく》し、今はラシードの弟王子、イズゥールが先頭に立って後処理をしているらしい。国に反旗《はんき》を翻《ひるがえ》した者たちが宮殿や王宮を襲い、マハヤーディ軍が踏み込んだときには主《おも》だった者たちはすでに無残《むざん》に殺され、打ち捨てられていたという。

アーシェを逃してくれた者たちはマハヤーディに投降《とうこう》し、精査ののち保護された。

「おまえを助けてくれたのだからな。それなりに遇するよう、話を通しておいた」

それならばいつか再会できるかもしれない、とアーシェは期待している。

打ち身や枷《かせ》をつけられたせいでできた擦過傷《さっかしょう》は数日で癒《い》えたが、アーシェは侍医《じい》の指示でしばらく療養を続けることになった。

「わたしはもうなんともありませんが」

アーシェが言うと、ラシードは「だめだ」と怖い顔になった。

「こっそりカマルを抜け出して芋《いも》の皮など剝《む》いているのを見つけたら、どうなるかわかっているな?」

「どうなるのですか？」

本当にわからなかったので訊くと、ラシードは一瞬言葉に詰まり、それから咳《せき》ばらいをしてごまかした。

「とにかく寝ておれ。いいな？」

「はい……」

本当にもうなんともないのになあ、と内心不満だったが、ナーイムにも叱られるので、アーシェは後宮の中でゆっくり過ごした。

「マアディンさま」

回廊のほうから、複数の足音が聞こえてきた。アーシェは急いで閨《ねや》を出た。

「アーシェ、元気そうではないか」

寝所から出て出迎えると、マアディンが他の寵姫《ちょうき》たちを引き連れて回廊をやってきた。

「カマルを去ってまださほど日が経っておらんのに、なにやら懐かしいわ」

後宮に居残ったのんびり屋の寵姫たちもマアディンたちの来訪を聞きつけて集まり、にわかに後宮が華やいだ。ナーイムがラシードの寝所を開放し、菓子や果物が運び込まれた。

「妾《あたくし》は、ラシードさまはいずれ弟君に王位を譲《ゆず》るつもりでおられるのではないかと思っている」

ひとしきり今回のことをねぎらわれ、あれこれ話をしたところで、マアディンは優雅に扇子《せんす》を使いながらそんなことをアーシェに話した。びっくりしたが、自分には関係のないこととしか思えなかったので、アーシェはただ神妙に聞いていた。

「そなたの主のことだぞ。しっかりなされ」

アーシェの顔つきに、マアディンはくすりと笑ってアーシェを叱った。

「まだ先のことではあろうが、ラシードさまは才気溢れるお方ゆえ、王位を譲ったとてさまざま補佐をなさるおつもりであろう。お立場上、心労も増えよう。しっかり支えて差し上げておくれ」

「かしこまりました」

アーシェは気を引き締めて、深々とお辞儀をした。

「そしておまえにも幸《さち》あれかしと、妾たちはいつも祈っておるよ」

アーシェははっと目を見開いた。そんな言葉をかけてもらえるとは思ってもみなかった。

「あっ、ありがとうございます。寵姫さまがたのぶんまで、一生懸命つとめます！」

アーシェが大感激で言うと、寵姫たちは目を瞠《みは》った。

「あらまあ」

「それはそれは」

そんなつもりで言ったのではないのに、寵姫たちが一斉に笑いさざめいた。あっ、と気づいて顔が熱くなり、アーシェは両手で頬を押さえた。みながさらに笑う。

「アーシェはずいぶん愛らしくなったな」

「妾もそう思っておりました。肉付きがよくなってみれば、アーシェはなかなか可愛らしい」

「ラシードさまが寵愛なさるのも道理よな」

さんざんアーシェをからかって、マアディンたちは帰って行った。

その夜、寝所に入ってきたラシードは、いつものように迎えに出たアーシェを抱き寄せて口づけをした。

「お帰りなさいませ」

「今日はマアディンたちが見舞いに来たそうだな」

「はい。久しぶりに皆さま方とお会いして、大変楽しかったです」

ラシードはふむ、とアーシェを眺めた。

「聞いたところによると、アーシェは皆のぶんまで閨をしっかりつとめるとずいぶん張り切っていたとか」

「えっ…」

言葉に詰まったアーシェをからかうように笑い、ラシードはもう一度アーシェに口づけた。

「怪我は、もう本当にいいのだな?」

意味ありげに囁かれて、アーシェはすっかり舞い上がってしまった。閨で一緒に眠ってはいるが、ラシードはただアーシェを気遣って、ずっと口づけ以上のことはしていなかった。

「はい、もうすっかり」

つい期待してしまい、アーシェはどきどきしながらごくりと唾《つば》を飲み込んだ。前のめりの返事に、ラシードが笑った。

「それならよい」

ラシードに横抱きにされ、褥に寝かされた。

「アーシェ」

「はいっ」

「…もう少し、密《ひそ》やかに返事ができないものか」

「あっ」

嘆《なげ》くように言われて口を押さえると、ラシードが楽しそうに笑った。

「たまには色気を出して、俺をその気にさせてみろ」

「そ、そんな難しいこと、わたしには無理です」

「困った愛妾《あいしょう》殿だな」

ずっと寝所で寝たり起きたりをしていて、アーシェは前開きのゆったりした薄物《うすもの》を着ていた。紐《ひも》を解かれると、肌を布が滑《すべ》り落ちる。油灯《ゆとう》が揺らめいて、ラシードの男らしい美貌がさらに際だって見えた。

「して欲しいのか?」

ラシードに笑みを含んだ声で囁かれた。

「はい、とても」

うずうずしている身体を持て余してうなずくと、ラシードはくっと笑った。大きな手が頬を包み、唇が重なってくる。首筋から鎖骨《さこつ》、そしてもう小さく尖った胸の飾りに舌が触れると、アーシェは息を弾《はず》ませた。

「あ…ぅ…っ」

舐《な》められ、吸われると切ないような感覚が溢れて、アーシェはラシードの背にしがみついた。いつも後ろで束《たば》ねられている長い黒髪の留め具《とぐ》が指に引っ掛かり、外れた。

「あ」

黒髪が肩にかかって広がった。

「ラシードさま……」

顔を上げたラシードは長い髪をうるさそうにかきあげた。艶《つや》やかな髪が乱れて、アーシェは思わず見惚《みと》れてしまった。

「アーシェ」

ラシードがわずかに瞠目《どうもく》した。

「そんな顔も、できるのだな」

手を伸ばすと、指先に口づけられた。

唇が重なってきて、舌を迎える。口づけの技巧はもうだいぶ覚えた。ぬるぬると動く舌同士が絡《から》まり合うと、とたんに体温があがり、汗ばんでしまう。

顔の角度を変えると、ラシードの長髪がまた肩から滑《すべ》り落ちた。

アーシェはラシードの髪が頬に触れ、首筋に張りついてくるのにたまらない官能を覚えた。黒い長い髪が、自分の肌に張りつき、くすぐり、愛撫のように撫《な》でる。

「──あ、ああ……っ」

毛先が乳首をかすめた。

とたんに痺《しび》れるような快感に捕らわれて、アーシェは身体を震わせた。

「う、──…」

アーシェの反応をよく知っているラシードが、射精する寸前で根本をぎゅっと握った。

「あ」

痛いのに、射精を止められて熱がこもるのに興奮した。急に周囲の空気が重くなったようで、頭がよく動かない。そのぶん身体は鋭敏《えいびん》になり、ラシードに指先で先端をなぞられるだけで声が洩れた。

「はあ、……っ、あ、あ……う、う…っ」

泣くような、甘えた喘《あえ》ぎが自分のものだとは思えないほど艶めいていて、ラシードの愛撫が執拗になった。

身体中を舐《な》められ、吸われ、甘噛みされる。感じる場所をひとつひとつ確かめられて、アーシェはぽろぽろ涙をこぼした。

「ラシードさま、もう、もう……っ」

射精しそうになるたびに止められて、切なくて、アーシェは身体をよじった。

「出したいか？」

「はい、…」

アーシェの手に、張りつめた大きなものが触れた。同時にラシードの指がアーシェの熟しきった性器をまさぐってくる。濡れて敏感になっている裏側を撫でられて、アーシェはぎゅっと目を閉じた。

「あ、う……ぅ、あ」

先端の裏、一番敏感なところ同士を擦《こす》りあわせると、先端からとろっと透明の体液が溢れてくる。自分のものと、ラシードのものが混ざり合って指を濡らした。刺激を求めて勝手に腰が揺れる。淫《みだ》らな姿を見られていると思うと恥ずかしくて、恥ずかしいのに止められない。

「あ、あ──ラシードさま……」

絶頂が迫ってきて、アーシェは首を振った。

「ああ、あ……ん、う──、もう、もういいですか…っ？」

許可なく射精することは許されない気がして、いつもそう訊いてしまう。

ラシードが笑う気配がした。愛《いと》おしくてたまらない、というのが伝わってくる。

「あ」

ラシードの手の動きが急に強く、激しくなった。

こみあげてくる快感に、今度は制止されなかった。一瞬の浮遊感のあと、射精を許される。

「──あ……、あ、あ…」

解放は長く続き、いつまでも止まらないのでアーシェはまた恥ずかしさに竦《すく》んだ。

「たくさん出したな？」

ラシードが確かめさせるように指先をアーシェに見せた。

「…って、ラシードさま、がい、いじわるをなさるから…っ」

快感の余韻《よいん》が抜けず、声が蕩《とろ》けている。精液がそこここに飛び散っていて、アーシェが手で拭《ぬぐ》おうとすると、ラシードが「そのままでいい」と笑った。指先を舐めた。長い黒髪が乱れ、唇が濡れて、アーシェははあはあ息を切らしながら、その精悍《せいかん》な美貌に見惚れた。ラシードも熱のこもった眸《ひとみ》でアーシェを見つめている。

「なぜアーシェはこうも可愛いのだろうな」

ラシードがゆっくりと起き上がり、つくづくとアーシェを見下ろした。

「そ、そんなことをおっしゃるのはラシードさまだけです」

「以前はな」

ラシードはやや不満そうにアーシェの頬に触れた。

「アーシェの愛らしさを知っているのは俺だけだったのに、なぜかこのごろおまえのことを愛らしいという者が増えた」

「そ、そんなことは…」

「まあいい。情を交わしているときにいかにアーシェが色めいてそそられるのかは、俺しか知らんからな」

ラシードが目を細めた。気恥ずかしくて目を逸《そ》らすと、顎《あご》を取って正面を向かされた。軽い音を立てて唇や頬に口づけられ、アーシェも同じようにお返しをした。自然に足を開かされ、アーシェは少し緊張した。

「――いいのだな?」

低い声で確かめられて、アーシェはどきどきしながらうなずいた。それでも初めての経験はやはり怖い。

「アーシェ、力を抜け」

優しく言われて、いい匂いのする油をそこに塗られた。すでに何度か指を入れられて、気持ちのいいところは知っている。

「あ…っ」

慎重に広げられ、中を探られて、アーシェは懸命に受け入れられるように深呼吸を繰り返した。ラシードがアーシェの腿《もも》を持ち上げる。

「いいか…?」

うなずいて、アーシェはラシードの肩にすがった。長い髪が頬に触れ、香油の香りがした。

「あ」

存在感のあるものが、ぐっと押し入ってきた。痛みを覚悟したが、異物感に気を取られているうちに、奥に入ってくる。

「あ、……っ、あ、——」

意識していないのに、勝手に声が洩れる。耐えられないほどの痛みはなく、ただただ圧迫される感覚が怖くてアーシェはぎゅっと目を閉じた。

「もう少しだ」

耳元で、ラシードが熱く囁いた。息を止めてしまっているのに気づいて、アーシェはなんとか息をした。逆に、ラシードが息を止めた。

「アーシエ、おまえは…」

驚いている気配がして、なにか不都合があったのかとアーシェは驚いて目を開いた。

「ラシード、さま…?」

苦痛をこらえるように、ラシードが唇をきつく結んでいる。眉を寄せた表情があまりに煽《せん》情的《じょうてき》で、アーシェはどきどきした。

「どう、なさ…ったの、ですか」

しゃべると、中に入っているラシードの形がわかる気がして、さらに心臓が速くなった。

「いや、…驚いた、だけだ。おまえは、――素晴らしい身体をしている」

意味がわからず戸惑ったが、ラシードは唇の端を持ち上げ、アーシェの額《ひたい》にくちづけた。

「辛抱《しんぼう》してくれ」

「あ」

我慢できない、というように連続で突き込まれる。激しく揺すぶられ、徐々にラシードの興奮が伝わってきた。

「アーシェ、アーシェ」

熱に浮かされるように名前を呼ばれ、アーシェの頭にも靄《もや》がかかった。

「――あ、あッ」

何度目かに、アーシェはびりっと身体の中が痺れるような感覚に襲われた。

「え? あ、な、…っ、なに、こ、これ…は……」

一度捕らえてしまうと、擦られるたび敏感になる。経験したことのないそれが快感だと知覚したとたん、身体中がかあっと熱を持った。

「ああ、は……ッ、はあ、……い、いい…あ、いい…、あ、ああ…っ」

無我夢中で逞《たくま》しい身体を受け止め、アーシェはひたすら快感に溺《おぼ》れた。

何度も達して、もう無理だ、と思ったときにひときわ強く抱きしめられた。

「アーシェ」

甘い声を吹き込まれて、アーシェは陶然《とうぜん》としたまま身体の中に愛を注がれた。

………ほんの少し眠ってしまっていて、はっと目を開けると、ラシードが丁寧に身体を拭ってくれていた。

「も、もうしわけ、ありません…」

びっくりして起き上がろうとしたが、強烈な経験に身体が打ちのめされていて、まだうまく言葉も出ない。ラシードが珍しく気恥ずかしそうに口元で笑った。

「いつものことではないか」

その通りだ。今日はさらに指一本動かすのすら大儀《たいぎ》で、アーシェはされるままになった。

「アーシェよ」

ラシードが額に口づけた。

「いつかクシャリアに家を建て、共に暮らそう」

「えっ?」

「すぐではないぞ」

ラシードは真面目な表情でアーシェを見つめた。

「ずっと先になってしまうだろうが、約束通り、おまえの願いは必ず叶える。いずれおまえの故郷に家を建て、エドナの流れを毎日眺めて楽しく暮らそう」

「――ラシードさま」

いろいろな思いがこみあげてきて、目の奥が熱くなり、アーシェは両手で顔を覆《おお》った。

「待てるな？」

「はい。――はい。それまでずっと、ラシードさまのおそばにおります」

ラシードがアーシェの手を取った。

ぼろぼろ泣いてしまって恥ずかしかったが、ラシードが抱き寄せてくれたので、アーシェは遠慮せずに声を出して泣いた。

いつかエドナの河を眺め、ラシードさまと一緒に暮らす。

「こんなによくしていただいて、でもわたしはなにもお返しができません」

「おまえは俺の命を救ったではないか」

ラシードはアーシェの頭を胸に抱き込んだ。

「それにおまえは面白い話を語ってくれる」

「ラシードさま」

「なんだ」

「では、今から面白いお話をいたしましょう」

泣きながら言うと、ラシードが声を出さずに笑った。

「よし語れ」

「昔、マハヤーディという国に、ラシード王という名高い名君がおりました……」

ラシードが今度は声を出して笑い、アーシェの腿《もも》に頭を乗せた。

アーシェはラシードの美しい黒髪を撫でながら遠い未来の幸せを胸に描き、ラシードが寝入るまで物語を紡《つむ》いだ。

愛妾の贈り物

Aishou no okurimono

1

後宮《カマル》の入り口にそびえる巨大な二本柱の上に、小さな三日月が出ている。薄く雲がたなびいて、輪郭《りんかく》はぼやけていた。

重臣会議が長引いて、すっかり遅くなってしまった。侃々諤々《かんかんがくがく》の熱い舌戦《ぜっせん》のあと、後宮のひんやりとした空気に触れて、ラシードはふうっとひとつ息をついた。今日は遠方の有力国から使者が訪れ、気を張る謁見《えっけん》もあったのでいつも以上に疲れている。

かつての大国ティアカが内乱で自滅し、マハヤーディの軍門《ぐんもん》に下《くだ》って一年ほど経《た》った。長年悩まされていた流入民の問題やティアカとの困難な交渉からは解放されたが、新たな課題が山積《さんせき》し、ラシードの責務は増える一方だった。

「ラシードさまのお戻りです」

「王のお帰りだ」

先触れの声が波のように低く響くと、回廊の明かりが次々に灯《とも》され、中庭の池が幻想的に揺らめいた。

「お帰りなさいませ、ラシードさま。お疲れさまでございました」

やがてナーイムが滑《すべ》るような足取りで迎えに出てきた。

「アーシェはどうしている」

主の第一声に、ナーイムが苦笑いをした。

「もちろんラシードさまのご寝所《しんじょ》でございます」

どうしているもこうしているも、アーシェを唯一の愛妾《あいしょう》と決め、自《みず》らの寝所で寝起きさせているのはラシード自身だ。今さらなにを言っているのかと自分でも思う。が、アーシェの名を口にするだけで重要な懸案《けんあん》事項でいっぱいになっていた頭がすっと軽くなった。

「ただし起きているかは存じません。このところお帰りが遅いので待てずに寝入ってしまっているそうですな。今朝は寝過ごしてお見送りもできなんだと悔しがっておりました」

「ああ、あれはよく寝るからな」

ラシードはくうくう寝ているアーシェの太平楽《たいへいらく》な寝顔を思い浮かべて苦笑した。健康なアーシェは昼間は元気に働き、夜になるとぐっすり眠る。このところラシードが後宮に戻るのは深夜になってからなので、寝所に入るともうアーシェは気持ちよさそうに寝息をたてていた。

「今日こそはお帰りを待つのだと意気込んではおりましたが」

「さてどうかな」

ラシードが笑ったのが聞こえたかのように、寝所からぴょこっと小さな影が頭を出した。

「これ」

と思ったらすぐ引っ込んだ。ナーイムが背後で顔を出すな、と合図を送っている。

「またあのような無作法な」

寝所に侍《はべ》る寵姫《ちょうき》は王の訪れをしとやかに待つのが決まりだ。

「今宵《こよい》は起きていてくれたようだな」

ラシードは声を出して笑った。

「笑いごとではありません」

ナーイムが嘆《なげ》かわしい、とばかりに眉を寄せた。

「ラシードさまがそうやって甘やかされるから、アーシェはいつまでたっても自分の立場を理解せぬのです」

アーシェを愛妾となさるのならそれなりの行儀作法を身につけさせねばなりません、とナーイムはことあるごとに口出しをする。が、実のところナーイム自身もアーシェには甘かった。

表向き、アーシェは王の身の回りの世話をする側付《そばつ》きということになっている。本来後宮で寝起きしている者が気軽に外を出歩くなど許されないが、ナーイムは「市井《しせい》育ちの者を後宮に閉じこめていては気鬱《きうつ》になるやもしれませんしな」と言い訳めいたことを口にして、アーシェが厨房《ちゅうぼう》で働くのを黙認《もくにん》していた。厨房のほうでもよく気が回るアーシェが忙しい日中の手伝いに出てくることは大歓迎で、結果としてアーシェは以前と変わらない暮らしをのびのびと満喫していた。そんなアーシェにしとやかな寵姫の振る舞いなど身に付くはずもない。

「お召し上がりものはいかがいたしましょう」

寝所の手前まで来て足を止め、ナーイムが尋ねた。

「会議の合間にみなで食《しょく》した」

「ではすぐに湯を」

「いや、すぐ閨《ねや》に入る。湯はあとでいい」

「なりません」

ナーイムが厳しい声を出した。

「いくらラシードさまといえどもそのような気ままは許されません。まずは湯をお使いください」

「わかったわかった」

長年忠義を尽くしてくれる側付きには側付きの信念がある。

閨の前に湯を使うのは、長く続いた戦乱の時代、衣類や頭髪に毒物を仕込まれる可能性があったことからくるしきたりだ。そうした時代に国を守ってきた先人《せんじん》に対する敬意も込められており、ラシードとしても軽《かろ》んじるつもりはなかった。

「その代わり早くしてくれ。アーシェが待ちくたびれて寝てしまう」

「かしこまりました」

寝所付きの女たちが心得て湯あみの準備を済ませており、ラシードは決まった手順でそそくさと身を清めた。

「ラシードさま、お帰りなさいませ！」

寝所の奥に入ると、待ち構えていたアーシェが勢いよく迎えに出てきた。簡素な寝間着姿で、髪も洗ったままだ。

「ああ、今帰ったぞ、アーシェ」

この一年でアーシェは少し背が伸び、すっかり肉付きもよくなった。相変わらず目ばかり大きく決して佳人《かじん》とは言えないが、表情豊かで活《い》き活きとしたアーシェはこの上なく愛らしく、抱きしめるたびラシードは生き返るような心持ちになった。

「起きている顔を見るのは久しぶりだな」

閨に上がってからかい半分に言うと、アーシェが口を尖《とが》らせた。

「それは、ラシードさまが起こして下さらないからではありませんか」

「あんなに気持ちよさそうに寝ているものを起こせるわけがなかろう。それにアーシェは寝顔も愛らしいぞ」

ふくれた顔が可愛くて、ラシードはアーシェの頬をつまんだ。アーシェは肌が柔らかい。むにゅ、と引き伸ばされても別に痛くもないらしく、「わたしだってラシードさまのお顔を見たいのです」と餅《もち》のようにひっぱられながら言い募《つの》った。

「寝てしまうわたしがいけないのはよくわかっています。でも閨でお待ちしているとどうしても寝入ってしまって、だから起こして下さいとお願いしているのです。今だってラシードさまのお顔を見るのは久しぶりの気がしているのですよ。さみしいではありませんか」

「そうか、それは悪かったな」

頬の柔らかさをむにゅむにゅ堪能《たんのう》しつつ変な顔になったアーシェを愛《め》でていると、ようやくアーシェは機嫌を直した。

「ですから、今日は眠ってしまわないように閨には上がらず、一人でうろうろしながら頑張りました！」

胸を張るアーシェに、ラシードは微笑《ほほえ》んだ。

「それは偉かったな」

丸い頬を両手で掬《すく》いあげるようにして、ラシードはアーシェに口づけた。

「おかげでこうして愛を交わせる」

「はい」

間近で見つめ合って、同時に笑った。

「ラシードさま！」

アーシェが首に腕を回してしがみついてくる。

閨の作法を知らないアーシェは、焦《じ》らしたり甘えたりの手管《てくだ》などさらに知らない。ただただ欲望に素直だ。

「――――ん……」

よく動く舌を捕らえ、甘噛みするととたんにアーシェが息を乱した。早くその先を、と望んで腰をもじもじしているのが可愛くて、ラシードは舌先でアーシェの口の中を緩《ゆる》く探った。

アーシェが焦れったそうに顔を離した。

「もう我慢できません」

アーシェが体重をかけてきて、ラシードはアーシェと一緒に絹の褥《しとね》に倒れ込んだ。

「これはまた、ずいぶんななさりようだな？」

「ラシードさまがお預けするからです」

「俺がなにをお預けした」

「意地悪ですよ！」

もう、と怒っているアーシェは目がきらきらと輝き、頬が上気《じょうき》していて、ラシードは一瞬本気で見惚《みと》れてしまった。

「俺の愛妾殿は実にお美しいな」

「またそうやってからかって！」

アーシェが勢いよく組みついてくる。

絹の掛けものの中でアーシェと上になったり下になったりして転げまわり、声を出して笑った。

年齢も立場の違いも、このひとときだけは忘れてふざけ合い、睦《むつ》み合う。

「――ラシードさま…」

口づけや愛撫が徐々に甘やかになり、言葉が消えて息遣いが早くなった。愛撫に反応し、汗ばんだ肌が密着し、興奮に鼓動が跳ねる。

「ラシードさま」

「いいぞ」

仰向《あおむ》けになったラシードの上にアーシェが重なった。膝を開いて身体を持ちあげる。

「アーシェ……」

働き者のアーシェは、小柄ながら体幹がしっかりしている。

「さあ」

促《うなが》すと、すぐにラシードの上で身体を開いた。欲望を隠さない正直なアーシェが愛《いと》おしくてならない。

「あ」

眉を寄せた切ない表情が思いがけず色めいていて、ラシードは手を伸ばしてアーシェの腰を支えてやった。ぬめった感覚に呑み込まれ、快感が押し寄せる。アーシェの顎《あご》が上がった。

「あ、あ、あ」

未熟だった身体はすっかり成長し、性愛《せいあい》を覚えた。

「アーシェ……」

細い、泣くような声を洩らして、アーシェがぎゅっと目を閉じた。

「は…っ」

腰を動かして、すぐに快楽の源《みなもと》を探し当てる。中がきゅうっと収縮して、痺《しび》れるような快感が訪れる。

「うぅ…っ、ああ…」

ラシードはなんとかその波をやりすごした。が、アーシェはもう達していた。

「――」

ぱたぱた飛び散らせて、アーシェが倒れ込んできた。

「…ラシードさま、だ、出して、しまいました…」

眉を寄せて、アーシェがはあはあ息を切らしながら謝った。主の許可なく射精してはいけないのだと、なぜかアーシェは思い込んでいる。

「我慢できずに、だめになって、しまっ…て…」

「辛《つら》いか?」

眉が八の字になっているのが可愛らしい。

汗だくのまま、アーシェが恥ずかしそうに首を振った。若い身体はすぐに次の快感を期待している。

「では今度は俺の番だ」

アーシェの背に腕を回して反転すると、ラシードは繋がったまま楽々とアーシェを組み敷いた。あ、と驚いてアーシェがしがみついてくる。一度弛緩《しかん》していたところがまた熱く締めつけてきて、アーシェは自分でわかっていないが、素晴らしい身体をしていた。

「ラシードさま――」

アーシェが薄く目を開き、幸せそうに微笑んだ。

「アーシェ」

愛を交わしている実感に、ラシードも微笑んだ。

ことが終わると、アーシェはそのまま寝入ってしまった。この前も「次こそはなにか面白いお話をいたしましょう」と言っていたが、このところその約束は守れたためしがなかった。

「もっとおまえとの時間を作りたいのだがな」

ラシードはそっとアーシェの額《ひたい》に口づけた。巻き毛が汗で濡れ、唇が薄く開いている。それだけ見れば快感に打ちのめされて泣いていたしどけない愛妾の姿だが、すぐアーシェはむにゃむにゃと口を動かして丸くなった。ラシードが鼻をつまむと、すぴーと色けのない寝息をたてる。

「しかたのない愛妾殿だ」

ラシードは笑いをこらえてくうくう寝ているアーシェの身体を丁寧に清めてやった。新しい寝間着を着せてやってもされるままで、自分にこんなことをさせるのはマハヤーディ広しといえどアーシェ一人だ。

「さあ、これでいい」

楽なように絹の掛けものをかぶせてやり、ついでに短い巻き毛をそうっと撫でた。

マハヤーディは身分の高い者ほど長髪の文化圏だ。本来王の愛妾ともなれば、くるぶしあたりまで伸ばして人前に出るときには何人もの髪結《かみゆい》を使って工夫を凝《こ》らした形に結い上げさせる。文化の豊かさや礼儀作法が洗練されているかどうかは国力を測《はか》るひとつの物差しだ。

第一寵姫だったマアディンは美意識が高く、たまに国外の賓客《ひんきゃく》を迎えるときにはすべてを差《さ》配《はい》し、尊敬を勝ちとることに貢献してくれた。王宮中の侍女や女官吏《おんなかんり》もマアディンの装《よそお》いに傾《けい》倒《とう》し、簪《かんざし》ひとつ、扇《おうぎ》ひとつでも「マアディンさまが指物師《さしものし》に作らせた新しい飾り」「マアディンさまがお気に召した扇の形」とみなこぞって真似をする。礼儀作法の指南師《しなんし》となった今も、マアディンは王宮内の憧《あこが》れの的だ。が、アーシェは表向きただの下働きで、短い髪にターバンを巻き、作業衣一枚で暮らしている。

アーシェがそれで満足していることはよくわかっている。けれどこれほど自分を癒《いや》してくれるアーシェに、本当はもっともっと報《むく》いてやりたかった。

「しかしおまえは珊瑚《さんご》も絹も欲しがらぬしな」

いつかエドナの流れを眺めながら水入らずで暮らす――そんな夢も、思いがけずティアカが陥落《かんらく》してすっかり遠のいてしまった。

弟に王位を譲る前に片づけておかねばならない懸案事項はさらに増え、今がマハヤーディの正念場《しょうねんば》だと思うと重圧も以前の比ではない。

「おまえがいてくれればこそ、俺は気力が漲《みなぎ》るというのに」

アーシェの健《すこ》やかな寝顔を眺めているうちに、ラシードも安穏《あんのん》とした眠りに誘われた。

古今東西、なんの憂《うれ》いもなく眠ることができる一国の王がどれほどいるだろう。ラシードも王位についてから、常にあらゆる脅威《きょうい》や重圧と戦ってきた。

丸くなったアーシェの寝息を聞いていると心地よい睡魔がやってくる。ラシードはアーシェを抱き寄せ、その巻き毛に口づけた。

王位にある者にとって、幸福な深い眠りほど贅沢《ぜいたく》なものはない。

アーシェはまさに天からの素晴らしい贈り物だ。

2

しょこしょこと小刀を使って小さな根菜《こんさい》の根を切り落としていく。芋《いも》のようだが、それにしては皮が薄く、根がついている。

いつものように厨房《ちゅうぼう》の端っこで、アーシェは他の下働きたちと野菜の皮むきに励《はげ》んでいた。

「このところ、変わった野菜が増えましたねえ」

ひとつ語りを終えたころで、アーシェは物語に聞き入ってくれていた厨房の先輩に話しかけた。

「これは芋でしょうか。わたしは初めて見ましたが」

「ああ、ティアカの特産だ。俺が子どものころはよく売られていたが、政情不安になってからは見なくなった。国が落ち着いて農作も安定してきたんだろうな。このところ市場でまた目にするようになった」

「へえ…これはティアカから来たのですか」

アーシェは手の中の根菜をつまんでしげしげと眺めた。

傭兵《ようへい》に拉致《らち》されてティアカの岩牢《いわろう》に囚《とら》われたのは、もう一年以上も前のことになる。あのときの男の子は元気にしているだろうか、とアーシェは時折思い出していた。ラシードによると岩牢につながれていた人々はティアカの元官僚で、今は国の立て直しに奔走《ほんそう》しているらしい。

アーシェの暮らしは以前とほとんど変わらないが、国を巡る状況はずいぶんと変わった。

自滅《じめつ》したティアカを支配下に置いたマハヤーディは、あえて殲滅《せんめつ》宣言は出さず、生き残りの王族をたてた新政権の後ろ盾《だて》に回ったらしい。アーシェには国政《こくせい》などわからないが、それは相当賢いやり方だったらしく、新興国《しんこうこく》マハヤーディと賢王《けんおう》ラシードの名は遠くの有力国にまで届いていた。

「ティアカの芋どころじゃない。このところ街の商人たちは異国の商品を山積みにして大した鼻息だ」

それはアーシェも感じていた。たまに王宮から使いに出ると、そのたびに街の様子が変わっているのがわかる。市場は以前にも増して活気づき、遠い異国からの旅人が増え、新しい商売が目につく。通いで来ている厨房の先輩たちも、以前はぼろぼろの衣《ころも》に腰紐《こしひも》ひとつで働いていたが、今はアーシェが後宮《カマル》でもらったのと同様の作業衣で頭にはターバンを巻くようになった。

国は格段に豊かになり、ラシードは格段に忙しくなった。寝所《しんじょ》に戻るのがどんどん遅くなり、出ていくのはどんどん早くなる。久しぶりにラシードと愛し合った数日後には、重臣会議が朝方まであったとかでとうとう寝所には戻らず、アーシェの元には朝になって菓子函《かしばこ》が届いた。

「『寂しい思いをさせてすまない』とある」

アーシェは読み書きがほとんどできないので、添えられていた美しい届文《とどけぶみ》はナーイムに読んでもらった。

「『私は執務室の寝台で仮眠をとることができるが、おまえは日中忙しく働いているのだから夜はちゃんと寝るように。しばらく寝所に戻ることはできないが、おまえの顔を思い浮かべるだけで私は力が漲《みなぎ》るのだ。…、時の神が私に微笑《ほほえ》むまで、この菓子を食べて待っていてくれ』とのことだ」

ナーイムが微妙な表情を浮かべつつ届文を読んでくれた。

「あの、ナーイムさま。文言《もんごん》をひとつ飛ばしたような気がいたしますが」

届文を一緒に見ていたアーシェは首をかしげた。ナーイムが瞬《まばた》きをした。

「そうだったか？」

「文言の区切りと、ところどころの文字はわたしにもわかります。これは『神』という文字ですよね？　『時の神』の前のこの文言を飛ばしてしまわれたのでは？」

「さてな」

ナーイムはとぼけたが、アーシェは見逃さなかった。

「これは『力』という文字ですから、ほら、この一文を飛ばしています」

「…おまえは本当に頭が回るな」

ナーイムはため息をつき、「グラシスノエトブル、とある」と妙に早口で言った。

「ぐ、ぐらし…？　それは何かの呪文《じゅもん》でしょうか？」

「古語だ」

「古語？」

なぜそこだけ古語？　とナーイムを見ると、気恥ずかしげに視線を逸《そ》らされた。

「ラシードさまにこのような情緒がおありとは…」

「情緒？　その古語の意味はなんなのですか？」

追及すると、ナーイムは気まずそうに咳払《せきばら》いをした。

「まあその、…愛の言葉だ」

「愛の……」

「それも、大変な愛の言葉だ」

ナーイムの顔つきに急に頬が熱くなり、アーシェは「あっ、ありがとうございました」とそそくさと届文を返してもらった。

「アーシェ」

頭を下げて行こうとすると、ナーイムに呼び止められた。

「ラシードさまはとにかく今はあまりにお忙しい。しかし後宮でおまえがお帰りを待って寝ないようにと頑張ることも気にされているのだ」

ナーイムがいつもの鷹揚《おうよう》な態度を取り戻して言った。

「『時の神が私に微笑むまで』という意味は、落ち着くまでは後宮には戻らぬがそれはご自身の本意ではない、おまえのそばにいたいがままならぬことゆえ許せ、という意味だ。わかるな？」

「そ、そうだったのですか。ちゃんと理解しておりませんでした」

アーシェはびっくりして届文に目をやった。ナーイムがアーシェの手の函にそっと触れた。

「この菓子も、特別に東方から取り寄せたものだ。国外の賓客《ひんきゃく》にお出しするほどの高価な菓子だぞ」

「えっ」

美しい函に詰められた菓子は、色とりどりの珍しい果実を干して手の込んだ細工を施《ほどこ》して作られていた。一目見て宝石のようだと感嘆《かんたん》したが、まさかそんなに貴重なものだったとは。

「ラシードさまのお心だ。ありがたくいただくがいい」

「は、はい。ありがとうございました」

菓子函を抱え直し、アーシェは届文を大切に隠しに仕舞《しま》った。

アーシェには読めないが、古語だという愛の言葉も胸に沁《し》みた。

「ぐ、…ラシスノエトブル、だったかな?」

おそらく上流の人々ならば当然知っている詩の一節《いっせつ》か文言、それもナーイムが顔を赤らめるような情熱的な愛の言葉だ。また頬が熱くなり、アーシェは一人で頬を押さえた。

こんな貴重な菓子をわざわざ届けてくれ、優しい言葉で労《いた》わって下さった。

「それなのに、わたしときたら」

寝所に戻ると、アーシェはほうっとため息をついた。

お疲れを癒《いや》すのに物語ることくらいしかできないのにその機会もなくなり、この前も久しぶりに愛を交わしてそのまま寝入ってしまった。

誰も知らないことだが、夜の片づけはいつも指一本動かせないアーシェに代わってラシードがしてくれる。汚したものを清め、アーシェに寝間着を着せ掛け、そして優しく口づけをしてくれる。

二人きりのとき、アーシェは下働きではなくなり、ラシードも一国の王ではなくなる。年齢も立場も関係なく、ただただ愛し合っているという実感だけで結ばれていた。

「ラシードさま」

美しい意匠の函をそっと開け、贈り物の菓子を眺めた。碧《あお》、朱《しゅ》、黄金《こがね》、薄紅《うすべに》、銀白。もったいなくてとても食べられない。

溢《あふ》れるほどの愛情を注がれて溺《おぼ》れてしまいそうだ。押し流されてしまわないように、わたしもわたしの愛で報《むく》いたい。

けれど残念ながら、今のアーシェにはその手立てがなかった。

菓子函が届いてからさらに半月ほどが経《た》ったが、アーシェはずっとラシードの顔を見ていなかった。目覚めたときに枕元に花や蜜絡《みつがら》めの木の実が置かれていることがあり、深夜にそっと寝所を訪れてくれてはいるようだ。

小さな花は器《うつわ》に浮かべ、木の実はありがたくいただいて、アーシェは今の自分の仕事は待つことだ、と肝《きも》に銘《めい》じていた。

「アーシェ、これをマアディンさまのところに届けに行ってくれ」

野菜箱を洗い場に運んでいると、料理人の一人に大きな籠《かご》を渡された。見ると飾り切りで細工されたさまざまな野菜が詰め込まれている。

「のちほどご意見を伺いに行くとお伝えしてな」

「はい、わかりました！」

マアディンはその審美眼《しんびがん》で国外の客人をもてなすにあたってさまざまな目配りをしている。もてなし料理は見た目も大事だ、と料理人たちはせっせと新しい飾り切りの技を習得していた。その成果を見てもらいたいということだろう。

「マアディンさまにお取次ぎ願います。厨房からの使いで参りました、アーシェです」

マアディンの私室は宮廷内の奥まった場所にある。籠を持って取次ぎを頼むと、すぐに顔見知りの侍女が現れ、通してくれた。

「アーシェか」

「はい」

ややしてマアディンがゆったりとした部屋着姿で現れた。後宮での午睡《ごすい》の習慣は今も残っているようだ。

「厨房から、マアディンさまに検分《けんぶん》をお願いしたいと預かって参りました」

マアディンが寝椅子に寛《くつろ》ぐと、アーシェは片膝をついて籠を捧《ささ》げるように持ち上げた。

そばに控えていた侍女がアーシェから籠を受け取り、マアディンの前に差し出す。

「のちほどご意見を伺いに参ります、とのことです」

「承知した」

マアディンは籠にちらりと視線をやると、鷹揚《おうよう》にうなずいた。

「ではわたしはこれで」

忙しいマアディンの時間を奪わないように一礼して引きさがろうとしたアーシェに、マアディンが長い袖《そで》で口元を隠して笑った。

「本当に、相変わらずのようだな、アーシェ」

「はい…？」

「先日久しぶりにナーイムに会《お》うたが、アーシェはいっこうに自分の立場を理解せぬと嘆《なげ》いておったぞ」

「はあ」

「ラシードさまがお命じになったことゆえ、みな葛藤《かっとう》しつつも従ってはいるが、妾《あたくし》とて本来ならば王の選んだ愛妾《あいしょう》殿にはかしずく立場だ」

「そっ、そんな、とんでもないことです！」

アーシェは驚いてその場に平伏した。

ラシードに「俺の愛妾になってくれ」と手を差し出されて、アーシェはその日から後宮の王の寝所で寝起きするようになった。ただそれだけのことで、身分の高い方々と対等に接するなど考えたこともない。

今でも後宮を一歩出れば、アーシェは「厨房の下働き」「後宮でナーイムさまの補佐をしている子ども」の扱いだ。しかし後宮の内々の者の間ではアーシェがラシードの愛妾になったことは周知の事実で、当初はナーイムですらアーシェに対して葛藤を見せていた。ラシードがアーシェの気持ちを汲《く》んで「以前と同様の扱いにしてやれ」と命じてくれたおかげでナーイムや寵姫たちは比較的すぐ動揺を抑えてくれたが、他の使用人たちとはしばらくぎくしゃくした。

「以前と同じに接してほしいのなら、おまえ自身が以前と同じでいることだ」

ナーイムに相談するとそう諭《さと》されたので、アーシェは一生懸命その教えを守っている。今では以前同様とはいかないものの、それなりに周囲とは良好な関係で着地していた。

「アーシェはラシードさまの閨《ねや》に侍《はべ》ることを許された唯一の愛妾だ。その自覚はあるのだろう？」

「マアディンさま、そんな恐ろしいことをおっしゃらないでください」

小さく縮こまったアーシェに、マアディンが声をたてて笑った。

「ナーイムが言うておるのは、少しは自分の立場を理解して、それにふさわしい礼儀作法や教養を身につけよということだ」

「し、しかしながら、わたしのような者が作法など身につけたところでなんになりましょう。そのような暇があるなら野菜を運んだり手すりを磨《みが》いたり、お役に立てることをしたほうが…」

「アーシェはなにやら勘違いをしておるようだ」

マアディンがゆったりと足を組み替えた。顔を上げよという合図に、アーシェはおそるおそるマアディンを見上げた。

「礼儀作法や教養を身につけることは、そなたの忠義に反することではない。謙虚《けんきょ》は美しいが卑下《ひげ》は逃げだ。自分など、と引き下がることでラシードさまのお心までも下げているのに気づいているのか」

厳しい言葉に、アーシェはどきっとして固まった。マアディンはあくまでも柔和にアーシェを見やった。

「ナーイムに届文を読んでもらったそうだが、それはラシードさまがそなたに贈った真心だ。人に見せるものではない」

「あ！」

今度こそはっとして、アーシェはまた深く頭を下げた。

「わ、わたしは…なんということを」

あのときのナーイムのいたたまれない様子も思い出し、アーシェはようやく自分の失態を悟《さと》った。

「アーシェは読み書きが充分ではないのだな」

情けなさに泣きそうになったアーシェに、マアディンが労わるように言葉をかけた。

「はい、お、お恥ずかしいことです。古語、などさらにまったく…」

「下働きの者たちが読み書きできるかどうかなぞ、妾は気にしたこともなかった。ラシードさまも同様であろう。それは妾らの不明だ。民の上にある者として気にかけていかねばならないな」

マアディンはなにか考えるように言葉を切った。

「アーシエ、ラシードさまがお忙しくされている間、そなたも少し精進《しょうじん》してはみないか。作法や礼儀というものには必ず由来がある。それを知ることが畢竟《ひっきょう》相手方への敬意となり、贈り物になる」

「贈り物……」

そばで控えていた侍女を呼び、マアディンが何事か耳打ちをした。

「この者がそなたに相応《ふさわ》しい師をつけるゆえ、少しずつ学んでいくといい」

わたしなどが、とどうしても後ずさりしそうになるが、アーシェはぐっとそれを我慢した。

「マアディンさま」

アーシェは敬愛するマアディンにきちんと膝を揃えてお辞儀《じぎ》をした。

「ありがとうございます。ご期待に添えるよう、一生懸命つとめます」

マアディンが目元で微笑み、寝椅子から優雅に立ち上がった。

立ち居振る舞いに気品があり、自然に手を合わせたくなる。

この優美さもマアディンさまから皆への贈り物なのかもしれない…、とアーシェはその美しい後ろ姿を見送った。

3

長い雨季を終えたエドナ河は満々とした水をたたえ、悠然と流れていた。朝の日差しを反射して、河面《かわも》が銀の鱗《うろこ》のように輝いている。

そのエドナ河を見下ろす小高い場所に、マハヤーディの伝統様式に則《のっと》った迎賓館《げいひんかん》が優美な姿を見せていた。

「このように広間は眺望を楽しめる造りとなっております」

窓という窓を開け放ち、使用人頭《がしらうやうや》が恭しくラシードのほうを向いた。エドナからの風が隅々まで磨《みが》き上げられた大広間を清々《すがすが》しく通り抜ける。

マハヤーディは迎賓館を必要とするほどの国になり、ラシードはその場所をかつて大火《たいか》で焼《しょう》失《しっ》してしまったクシャリアの地に決めた。もともと要所を繋《つな》ぐ街道沿いにあり、兄弟国となったティアカとは定期舟が行き来するようになってさらに交通の便がよくなった。人が戻り、活気もある。賓客《ひんきゃく》を迎える場所としては最適だ。

「素晴らしい眺望ですな」

ナーイムが感嘆の声で呟いた。ふむ、とラシードも大窓の近くへ足を向け、悠然と流れるエドナ河を眺めた。

「さらに空中回廊を渡して二棟《むね》ほど建て増しをいたしますが、まずは少数のお客さまをお招きできるところまでは漕《こ》ぎつけましてございます」

使用人頭は豪商の一族から宮廷に入ったというまだ年若い男だ。きびきびした身のこなしや歯切れのいい物言いがいかにも才気に溢れている。ナーイムの推挙《すいきょ》でこの迎賓館の使用人頭を任せることになった。

「口の堅い男ですし、商家の出ということもあるのか年のわりに世慣れております。しばらくはわたしも監督いたしますが、いずれ迎賓館でのお身の回りはあの者に一任できましょう」

迎賓館として建築させたが、ラシードは将来ここの離れでアーシェと暮らすことも視野に入れていた。王宮と迎賓館を行き来する可能性も考え、ナーイムは自分以外に王の身の回りに目配りできる者をと考えたようだ。

「こちらがご寝所《しんじょ》でございます」

一回りして検分を終えると、ラシードは最後に離れの寝所に案内された。控えの間が二つと湯殿《ゆどの》、寝台は張り出し窓から外が眺められるように設《しつら》えてあった。ラシードとナーイムが寛《くつろ》ぐのを待って、室《へや》つきの使用人が茶を運んでくる。

「それで、アーシェはいつ着く」

香ばしい茶を一口含んで、ラシードはさっそくナーイムに尋ねた。

「先ほど先駆けが参りまして、ほどなく到着するとのことです。ティアカの客人がお見えになるまでには充分間に合うかと」

「そうか」

ラシードは警護や従者とともに夜のうちに移動したが、アーシェは目を覚ましてから荷馬車で連れてくるようにと指図していた。迎賓館のことはずっと伏せていたが、ようやくこの日が来た。アーシェの驚き喜ぶ顔が早く見たい。

最後にアーシェと言葉を交わし、愛を交わしたのはもうふた月以上も前になる。寝ないで待っていたのですよ、といじらしいこと言うアーシェが日中どんなによく働くかは知っている。深夜まで待たせるのは忍びない、とラシードは執務室に併設《へいせつ》している仮眠用の小部屋で寝起きすることにして、後宮《カマル》にはアーシェの寝顔を眺めるためそっと深夜戻るだけで我慢していた。

平和な顔で寝ているアーシェを眺めると心が穏やかになり、気力が充実する。花や菓子を枕元に置いていくのは、アーシェが充分な読み書きができないと知ったからだ。

ラシードさまの届文《とどけぶみ》を読まされましたぞ、とナーイムに渋面《じゅうめん》で文句を言われたのには笑ったが、マアディンの意見には考えさせられた。

「マハヤーディの民は下々《しもじも》の者であっても最低限の読み書きができる、そうならねばとても真の大国とは言えますまい」

そのためにもすべきことは山積《さんせき》している。が、今はただ早くアーシェに会いたかった。クシャリアで共に暮らすという約束は、まだまだ果たせそうにはない。しかしアーシェの願いは必ず叶える。その真心を見せておきたかった。

「アーシェに蜜絡《みつがら》めの菓子は用意しているな?」

「準備しております」

「荷馬車で来るから疲れているだろう。アーシェはじっとしているほうが疲れる性質だからな。着いたらまず湯に入れてやろう」

「支度しております」

「柑橘《かんきつ》を絞《しぼ》った冷たい水もな」

「はい」

「装束《しょうぞく》の用意も」

「処々《しょしょ》わかっております」

ナーイムがあからさまに呆れた目つきになったのに気づいて、ラシードは咳払《せきばら》いをした。

「ナーイムさま、ティアカの客人がそろそろ岸にお着きになると報《しら》せが参りました。今日はことのほかエドナの流れが速く、予定より早くなったそうで」

使用人頭が慌てた様子で伝えにきた。

「なんと、ずいぶんお早い」

ナーイムが急いで腰を上げた。

「ラシードさまはお着替えを。謁見《えっけん》の間《ま》は支度ができているな」

「はい。表門に警備をやりました。厨房《ちゅうぼう》も歓迎の茶菓《ちゃか》を準備しております」

使用人頭とナーイムが慌ただしく出ていき、ラシードは着替えのために奥に入った。

ティアカの傭兵《ようへい》に拉致《らち》されたアーシェを助けてくれたのは、反逆罪で囚《とら》われていた元官僚たちだった。有能な彼らは国の立て直しに奔走《ほんそう》していたが、ようやくそれも一段落ついた。ラシードは密《ひそ》かに彼らを迎賓館に招くように差配《さはい》していた。あくまでも個人的な歓待で、彼らも最低限の警護人と従者だけでそっと移動してきているはずだ。

それでもマハヤーディの王として対面するとなれば正式な装《よそお》いで迎えるのが礼儀だ。髪を結い上げ、昼間に用いる伝統装束をつけているとまたナーイムがばたばたと入ってきた。

「客人が到着なさいました。お支度が整いましたら謁見を」

「承知した」

アーシェもそろそろ着くころだ。岩牢《いわろう》の中で励《はげ》まし合っていたというティアカの面々と再会できればどれほど喜ぶだろうか。

正装を整え、最後に王国の紋章《もんしょう》を織り込んだ帯を締めると、謁見の準備の整った広間に向かった。

「ラシード・アッワル・カル・マハヤーディ陛下、お入りでございます」

使用人頭が重々しく告げた。正式な国賓《こくひん》ではないのですべてが簡略化されていはいるが、楽《がく》士《し》や接待専従人《せんじゅうにん》が揃って歓待の準備は整っている。

「客人がお入りです」

正面扉が左右から開かれ、絨毯《じゅうたん》敷きの廊下を先導がゆっくりと歩いてくる。ティアカの正式な衣装を身につけていることに、ラシードは少々驚いた。

今回は自分の側付《そばつ》きを助けてくれた礼である、とごく内々に伝令を送り、彼らも私的な時間を使ってやって来る手筈《てはず》になっていた。ティアカの高位官僚ではあるが、あくまでも個人的にマハヤーディを訪ねてくる私人《しじん》、という位置づけだ。こちらは礼を尽くすが、昼間の数時間の滞在ということもあり、相手方がこれほど正式な礼法に則《のっと》ってくるとは想定していなかった。

「これはまた」

後ろで控えていたナーイムも思わず、というように驚きの声を洩らした。

扉の前で準備していた楽士が歓迎の楽曲を奏《かな》でると、廊下を一歩一歩進んでくる先導が返礼の鈴を鳴らした。これも正式な作法だ。

「すばらしい音色《ねいろ》ですな」

ナーイムがやや困惑したように呟いた。澄んだ音色が鈴の品位を表している。

広間の両開きの扉の前で先導が一礼して引き下がり、ティアカ高官の証《あかし》である紫の帯をつけた男たちが一人ずつ入ってきた。両手を交差させ、一歩足を前に出しては片方を引き付ける歩き方は最高敬意を表す作法だ。しかもその動きの優美さにラシードは感嘆した。さすがにかつての大国ティアカの高官たちだ。

八人の男たちの最後に、幼い男の子が付き人に従われながら入ってきた。アーシェが話していた男の子だな、と子どもながらきちんと作法を守ろうと一生懸命な様子を見守りながら、ラシードも内心で困惑していた。まさか、ここまで畏《かしこ》まってくるとは。

「アーシェの装束は」

「用意させてはおりますが」

正面を向いたまま威厳を壊さないように努めつつ、斜め後ろで控えているナーイムと小声でやりとりする。

「あれは挨拶口上《あいさつこうじょう》など知らぬのではないか」

「まさかこのように格式高くこられるとは思ってもみませなんだ。最低限の口上だけでも教えておかねばなりません」

使用人頭が恭しく敷いた絨毯の上で、八人と子どもが蹲踞《そんきょ》の姿勢をとった。幼い男の子までもが難しい体勢をぴしりと保っている。対するアーシェは、客人をもてなす際の作法などほとんど知らないはずだ。

無礼を働いてしまったとしても、岩牢で助け合った彼らが気を悪くすることはないだろうが、アーシェ自身が気後《きおく》れして、せっかくの再会が台無しになってしまうのではないかと気がかりだった。ナーイムも同じことを危惧《きぐ》しているのがわかる。

「遠方、よくいらしてくれた」

ティアカの筆頭《ひっとう》が朗々《ろうろう》と古語を交えた雅《みやび》な挨拶を述《の》べ、ラシードも決まり文句で応じてから、あえて砕《くだ》けた物言いに変えた。少しでも心安い空気にしておいてやりたい。

「今日はあくまでも私個人の謝意を示したくお招きさせていただいた。友人の家に来たのだと思って、寛いでほしい」

従者が「王宮からの先触れが参りました」とナーイムに耳打ちするのが聞こえた。アーシェの乗った荷馬車が迎賓館に到着したという報せだ。

「控えの間で着替えさせて、しばし留め置け」

最低限の礼儀だけでも教えねばと考えたらしく、ナーイムが焦《あせ》った小声で指示している。

「では、ご歓談の席にご案内いたします」

使用人頭がティアカの高官たちを誘導して謁見の間の戸口に進んだ。

「父さま、あーしぇどのは？」

「これ」

幼い男の子がきょろきょろしながら訊いて、父らしき男にたしなめられた。初めて礼法のほころびを見せた二人に、ラシードは変にほっとした。

「ラシードさま、どうぞ」

客人に先に戸口をくぐらせてはならないので、ラシードは先に謁見の間を出るために戸口に進んだ。二人の従者が左右から大きく扉を開く。

「あ」

後ろでナーイムの声にならない声が聞こえた。

謁見の間から続く広々とした廊下のずっと先に、アーシェがいた。いつもの作業衣にターバン姿で、手には函《はこ》を持っている。

「アーシェ」

着いたばかりでわけもわからず、案内人にくっついて控えの間に行こうとしていたところだというのが見てとれて、ラシードは思わず名を呼んだ。

「はっ」

アーシェがこっちを向いて、そのまま固まった。正式な装束を身に着けた重々しい一団を目にして驚愕《きょうがく》している。

「なにをしておるのだ」

ナーイムが焦って「早く行け」と合図を送り、アーシェは慌てて廊下を横切ろうとした。が、焦るあまり手に持っていた函を取り落としそうになって揺すり上げ、その拍子《ひょうし》に今度はターバンがずれて目にかかった。

「あわわ」

ひとりでじたばたしているアーシェに、みなあっけにとられている。ラシードだけは久しぶりに目にする寝顔以外のアーシェについ破顔《はがん》したが、その場にいた全員がとっさに目をそらした。小さな男の子は目を丸くしている。

案内人がさっとアーシェの姿を隠すように前に出て、なんとかアーシェは広い廊下を横切って行った。

「ラシードさま」

ナーイムが動揺を抑えて促《うなが》し、ラシードも急いで何事もなかった顔で扉をくぐった。

アーシェが今ごろ動転しているだろうと思うと心配になった。驚かせ、喜ばせようと計画したことが完全に裏目に出た。可哀想なことをしてしまった。

「アーシェは大丈夫か」

「様子を見て参ります」

大広間に向かいながら素早く言葉を交わし、ナーイムがすっと引き下がった。大広間までゆっくりと移動し、扉の前に着くと、また使用人が二人、恭しく大扉を左右に開いた。

朝のうちに検分《けんぶん》したときには「まずまずだな」と思っただけだが、こうして見ると国外の賓客を招く前提で設えただけあり、大広間は華麗な装飾がほどこされていた。

マアディンが吟味《ぎんみ》を重ねて取り寄せたという調度品や飾りに、かつての大国ティアカの高官たちも目を見開いている。

今回は私的な場ということで王座ではなく寝椅子を用意させていたが、それも黄金の紋章のついた土台に高価な絹を張られたものだ。客人には分厚《ぶあつ》い絨毯が用意されている。アーシェにとってはなにもかもが重圧の種になるのでは、と今になってやっと気づき、ラシードは自分の不明を悔やんだ。

ラシードが寝椅子に寛ぐと、ティアカの男たちはそれぞれ一人ずつ用意された絨毯に礼をしてから美しい胡坐《あぐら》で座った。小さな男の子も父の横で一人前に背筋を伸ばしている。気品ある振る舞いと彼らの着用している正式装束のせいで、初めて客をもてなす使用人たちもみな緊張している。謁見で一度ほぐしたつもりの空気がまた重苦しくなっていて、ラシードは困惑した。これではアーシェが委縮《いしゅく》してしまう。ただでも思いがけず礼を失してしまったと落ち込んでいるだろうに。

こちらの楽士がマハヤーディの伝統楽曲を奏で、ティアカの先導士が鈴の音で返礼をする。手筈では、このあとアーシェと対面してもらい、再会の喜びを共にすることになっていた。ナーイムは姿を消したままで、ラシードはやきもきした。

「あーしぇどの？」

そのとき先導の鈴の音がして、男の子が期待した顔で扉を見た。ティアカの男たちもいっせいに扉のほうを向く。ラシードもどきりとして、ゆっくりと左右に開く扉に注目した。

まず使用人頭が恭しく頭を下げて、後ろに立っている人物を通した。しずしずと歩を進めてくるのはアーシェだった。後ろから心配顔のナーイムが付き従っている。マハヤーディの伝統装束に着替え、髪にも飾りをつけているが、着慣れていないことは一目瞭然《いちもくりょうぜん》で、アーシェは明らかに緊張しきっている。

アーシェが両手を交差させて一礼した。知らず、ラシードは両手をぐっと握っていた。とにかく無難に歓迎の気持ちを伝えることさえできればあとはなんとでもしてやれる。はらはらしながら見守っていると、アーシェは覚悟を決めたように顔を上げた。

「遠路はるばる絆《きずな》を結びにいらした大切な貴方《あなた》さま方、どうぞ末永いご友誼《ゆうぎ》を」

麗《うるわ》しい古語での口上は、さらに朗々とした美しい発語《はつご》で、ラシードは完全に度肝《どぎも》を抜かれた。ナーイムはもちろん、ティアカの面々もほう、と目を見開いている。

次いで、アーシェは客人を歓迎する作法を披露《ひろう》した。

最初の蹲踞《そんきょ》の姿勢こそややぎこちなかったものの、両手を合わせて拝礼をしたあとはどの所作もきちんと型を守り、非の打ちどころがない。どこの国の賓客の前に出しても恥ずかしくない格調高い礼法に、ラシードは舌を巻いた。ナーイムが最低限の挨拶口上だけでも教えておかねば、と慌てていたが、どうやら最初からそんな必要はなかったようだ。

「これは、なんと素晴らしい歓迎の礼でしょう」

アーシェが最後に蹲踞の姿勢をぴたりと決めると、ティアカの筆頭が感極まった声をあげた。

「ありがとうございます」

ほっとしたのか、アーシェがふにゃっと笑顔になった。固唾《かたず》を飲んでいたラシードも思わず

肩から力が抜けた。使用人たちもみな安堵《あんど》の表情になっている。

「あーしぇどの」

重々しい空気が緩《ゆる》むと、突然男の子がぱっとアーシェの前に飛び出した。

「これ！　ドゥーイー！」

父親が慌てて止めようとしたが、男の子はその手をすり抜け、てててとアーシェに向かって突進した。

「あーしぇどの！」

「あっ、あのときの！」

アーシェが目を丸くした。男の子に飛びつかれ、とっさに大きく手を広げて受け止めたが、不安定な蹲踞の姿勢をとっていたアーシェはそのまますてんと後ろに尻もちをついた。

「もっ、申し訳ございません！」

周囲がいっせいにアーシェと男の子に駆け寄った。ラシードも思わず寝椅子から腰を浮かせたが、アーシェは自分の胸にくっついている男の子と目を見かわしてぱっと笑顔になった。

「元気だったのですね、そして大きくなった！」

「はい！」

「ドゥーイー」

男の子の父親が焦って息子を抱きとり、深々と頭を下げた。

「陛下の前で不調法《ぶちょうほう》をお見せいたしました。お許しください」

男の子はきょとんとしている。ラシードはあえて声をたてて笑い飛ばした。

「再会をさほどに喜んでもらえて私も嬉しい。ティアカの客人、私の側付きを助けていただいた礼を改めて申し上げる。さあ、どうか存分に再会を喜び、縁を繋いでほしい」

アーシェがさっそく親子のほうに向き直った。

「お忙しい中、わたしに会いに来てくださったのですね！」

「はい、お久しぶりでございます」

みるみるアーシェの目に感激の涙が浮かんだ。

「みなさん、ご無事で本当によかった…！」

「アーシェ殿もお元気そうで」

「はい、元気にやっております」

「あーしぇどの」

男の子が隠しからごそごそなにかを取りだした。

「どおぞ」

「わたしに？」

差し出された小さな包みを、アーシェは目を丸くして受け取った。

「あっ、お菓子！」

アーシェが包み紙を開くと、丸い餅《もち》が出てきた。

「あのとき、ドゥーイーはアーシェ殿にそれはそれは美味《びみ》なお菓子をいただきました。今度はお返しをするのだと張り切って、大切に持って参ったのです」

「そうだったのですか。どうもありがとう」

アーシェは男の子にお礼を言ってから、はっとなにか思い出した顔になった。

「ちょっと待っていてください」

「アーシェ」

ナーイムが止める前に、アーシェは装束の裾《すそ》をからげて走り出した。つい今しがた雅な礼を披露していたとは思えない、下働きの身のこなしだ。あっけにとられている面々を置き去りに、アーシェは大広間から駆けだして行き、すぐに舞い戻ってきた。手には美しい意匠の函がある。

「はい、おひとつどうぞ」

アーシェは息を切らしながら男の子の前で函の蓋《ふた》を取った。美しい彩《いろどり》の菓子に、男の子がわぁっと目を輝かせた。

「これはとても美味《おい》しいお菓子なのですよ。大事なかたから頂いたので、持ってきていました。ちょうどよかった！　さあ、みなさんもどうぞどうぞ」

気前よく振る舞うアーシェは礼儀もへったくれもない。

「これ、アーシェ」

「ナーイム」

口を挟もうとしたナーイムに、ラシードは笑って止めた。

「楽しそうではないか」

自分の贈った菓子函を大事に抱えてきてくれたアーシェが改めて愛《いと》おしい。さあさあ遠慮なく、と明るく勧めるアーシェに、ティアカの面々もすっかり気を許した笑顔で「ではひとつ」「ほお、これは珍しい」とにこにこ菓子をつまみ始めた。まるで町中で旧知《きゅうち》の友にばったり会ったかのようだ。

「まったくアーシェにはかないませんな」

ナーイムが苦笑した。

「わたしが口上を教えようとしましたところ、一通り習ったのでなんとかやってみますと言い出しまして、誰からいつ教えてもらったのか、どうなることかとはらはらしましたが見事にやってのけましたな」

扉から使用人たちがもてなし料理を運び込んできた。

「今日は友人としてお招《よ》びしたのだ。円座《えんざ》で寛ぎましょうぞ」

身分も国も関係ない、という意思表示でラシードは寝椅子から腰を上げた。中央の絨毯に腰を下ろすと、みな和《なご》んだ顔で円座になった。

自然に懐かしい岩牢での思い出話で盛り上がり、みなに催促《さいそく》されてアーシェは物語ることになった。

「ではひとつ、お話をいたしましょう」

円座の真ん中に寛ぐと、アーシェは楽しげに語りを始めた。

「遥か遠くのどこかの国で、一人の男の子が生まれました。男の子の名前はドゥーイー」

男の子が目を丸くし、どっと笑いが起きた。おいで、と手招きされて男の子がアーシェのひざに乗る。

「ドゥーイーはつやつやの黒髪に丸いほっぺの可愛い男の子に育ちました」

男の子の髪を撫で、頬をつついてアーシェは続けた。

物語のドゥーイーは早くに母を亡くしてしまったが、周囲の大人たちに可愛がられ、毎日愉快に暮らしている。

ある日ドゥーイーは道端《みちばた》で見たことのない模様の種を拾い、家の庭に埋《う》めた。水をあげるとみるみる育って、ドゥーイーの背を抜き、家の塀《へい》を抜き、屋根も抜いてぐんぐん空高く伸びて行った。飼い猫と一緒によじのぼると雲の上についてしまい、猫と一緒に雲の上で飛んだり跳ねたり、虹をすくっておやつにしたりしていると、退屈していた雷《かみなり》小僧《こぞう》と鉢合《はちあ》わせをして、友達になる。

雲の上で雷小僧と追いかけっこをしたり雨降らしの踊りを踊ったり、アーシェの楽しい語り口にみな口を開けて笑い、ラシードも久しぶりに聴くアーシェの物語にいつしかひきこまれていた。

「さてそろそろ俺は山に雨を降らしに行かなくちゃならねえ、と雷小僧が言いました。お別れにこれをやろう、と団子を渡して雷小僧は雲に乗って行ってしまいました」

もらった団子を食べると急に眠くなって、目が覚めると家で、猫はドゥーイーのお腹の上で眠っていた。なあんだ夢かと思ったけれど、種を埋めたところから可愛い芽が顔を出していて、仕事から帰ってきた父さんが「母さんの好きだった花の芽だ」と教えてくれる。

「楽しい夢は、もしかしたら、母さんからの贈り物だったのかもしれません」

物語が閉じ、ドゥーイーがぱちぱち拍手をした。

「やはりアーシェ殿はお話が上手だ」

「本当にな」

男たちも最後に少々しんみりしながら拍手を送った。

「あのときも、我々はアーシェ殿の話で救われた」

「ああ、そうだった」

しみじみとうなずきあっているティアカの男たちも、以前は物語など空事の詮無《せんな》い娯楽《ごらく》、と侮《あなど》っていたはずだ。

「今のドゥーイーの物語、何度でも聴きたいものです」

アーシェと円座に戻ってきた息子の頭を撫でながら、父親が呟いた。

「この子が大きくなったとき、きっと懐かしく思い返しましょう」

「では、のちのち文《ふみ》にしてお送りいたしましょうか。少しお時間をいただくとは思いますが」

アーシェがやや遠慮がちに申し出た。

「そのようなことがお願いできるのですか」

父親が顔を上げ、ラシードも少々驚いた。さきほどの見事な作法といい、アーシェはいつの間にかさまざまなことを学び始めているらしい。そういえば、マアディンが「そのうちアーシェに驚かされることがありましょうや」と妙な含み笑いをしていた。

「アーシェ殿の物語を、何度も読めるのはありがたい」

「あのときのヤギ一家の話もお願いしたいものだ」

盛り上がる一同に、アーシェは「実は、わたしはまだ手習いを始めたところなのです」と慌てたように打ち明けた。

「ですので、一生懸命綴《つづ》りますが、お目汚しもありましょう。どうか笑ってお許しください」

「なにをおっしゃる」

「楽しみにしておりますぞ」

「ありがとうございます。そう言っていただくと励《はげ》みになります」

以前ナーイムが「あれはなかなか物覚えがよく、勘所《かんどころ》も悪くはございません」と褒《ほ》めていたから、きっとこれからぐんぐん学んでいくだろう。

マハヤーディに戦で命を落とす者はいなくなり、飢《う》えで苦しむ者も減った。だが、まだまだなすべきことがある。

アーシェが嬉しそうに高官たちと交流する姿を眺めながら、ラシードは自分もしっかり励まねば、と心に刻《きざ》んだ。

「さあ、さらに存分に召し上がってくだされ」

新しい料理と果物が運び込まれてきた。改めて杯《さかずき》が配られ、ラシードは王紋《おうもん》の入った杯を高く掲《かか》げた。

「われらの末永い友誼に」

4

夕刻、ティアカの人々は別れを惜しみながら帰って行った。

「そろそろ舟が出ますね」

豪奢《ごうしゃ》な設《しつら》えの王の寝所《しんじょ》は、張り出し窓からエドナの雄大《ゆうだい》な流れを見下ろせる。

アーシェはラシードと二人、夕陽の落ちるエドナ河を眺めていた。迎賓館《げいひんかん》の前庭まで客人を見送り、そのあと簡単に湯を使って寝所に入ったところだ。

船着き場から舟がゆっくりとエドナを渡っていく。

真っ赤な太陽がエドナに沈んでいくのを見ると、やはりあの恐ろしい大火《たいか》の夜を思い出してしまった。

「大丈夫か」

黙り込んだアーシェに、ラシードがそっと肩を引き寄せてくれた。

「はい、ラシードさまがいてくださいますから」

逞《たくま》しい身体に素直に寄りかかると、大きな手がアーシェを守るように髪を撫でた。

――どうか、安らかに。

アーシェは心の中で祈りを捧《ささ》げた。悲しい記憶は消えないが、今は確かな希望がある。

「俺はいつかここで、おまえと暮らせたらと思っているのだ」

ラシードの言葉にびっくりして顔を上げると、包みこむような眼差しがアーシェを見つめていた。

「だが、その前に成し遂げておかねばならぬことが増えてしまった。たくさん待たせてしまうだろうが、許してくれ」

胸が詰まって、アーシェは小さく首を振った。

「いつまでもお待ちします。それに、わたしにも、わたしのすべきことがあります」

「そうだな」

ラシードは微笑《ほほえ》んで、また雄大な流れに目をやった。

「――エドナはたくさんの人々の生き死にを見てきたのだろうな。先人《せんじん》たちに恥じぬように生きねば」

赤い夕陽が溶けるように水面に消えていく。

とうとう舟も見えなくなってしまった。

「お帰りになってしまいましたね」

「またすぐに会えよう」

「はい。今日はありがとうございました、ラシードさま」

アーシェはラシードを見上げてくすりと笑った。

「お恥ずかしいところもお見せしてしまいましたが」

廊下での自分の慌てぶりや、初めて披露《ひろう》する礼法にがちがちに緊張してしまったことを思い出すと恥ずかしい。が、今になってみるとなんだかおかしくもある。ラシードも苦笑した。

「おまえを驚かせようと計画したことだったが、逆に俺が驚かされた」

今朝、アーシェは起きるなり「ラシードさまが迎賓館でお待ちです」と告げられ、わけもわからないまま大事な菓子函《かしばこ》だけを抱えて荷馬車に乗った。

整備された街道をひた走り、エドナ河や迎賓館が見えてきたときにはまさか、と目を疑った。

王宮とはまた違う、洗練された迎賓館に招き入れられ、ずっとどうしているのかと考えていた人たちと再会できて、本当に夢のような一日だった。

しかもまだ今日は終わっていない。二人きりの時間はこれからだ。

「あの、ラシードさま」

急に意識して心臓が高鳴ったが、アーシェにはその前に告白せねばならないことがあった。

「わたしはラシードさまにお詫《わ》びしなくてはならないことがございます」

言いづらかったが、アーシェは自分を励《はげ》ました。

「どうした？」

ついうつむいてしまい、ラシードに顔を覗き込まれた。アーシェは決心して顔を上げた。

「ラシードさまから菓子函をいただいたとき、添えられていた届文《とどけぶみ》が読めなくて、わ、わたしは愚《おろ》かにもナーイムさまに読んでいただいてしまいました」

思い切って打ち明けると、ラシードが目を見開いた。

「なんだ、そんなことか」

ラシードはいつも寛容だが、さすがに気を悪くするのでは、と恐れていた。ほがらかに笑われて、アーシェは拍子抜《ひょうしぬ》けし、心からほっとした。

「深刻な顔をするから何事かと思ったぞ」

「マアディンさまに叱られました。届文は真心、他人に見せるものではないと」

「おまえは読み書きが充分ではなかったのだな」

「はい。お恥ずかしいことです」

「恥ずかしいのは俺だ。おまえのことはなんでも知っている気でいた」

ラシードの手がゆっくりアーシェを抱き込んだ。労《いた》わるように抱きしめられて、アーシェは身体中から力が抜けた。

「おまえが礼儀作法を学び、手習いに励んでいることも知らなかった」

「マアディンさまのお取り計らいなのです」

アーシェが感謝を込めていきさつを話すと、ラシードは「なるほどな」と笑った。

「読み書きができるようになれば、おまえの世界は今より広がる。礼儀作法が身に付けば、自信をもって誰とでも対面できる。近いうちに今度はティアカの者たちから友人として招待されるだろう。おまえは文化交流に才能を発揮するようになるかもしれぬな」

「文化交流？」

聞き覚えのない言葉に首をかしげていると、「話はあとだ」といきなり抱きすくめられた。

「ラシードさま」

「会いたかったぞ、アーシェ」

びっくりしてしがみつくと、ラシードの声が急に甘くなった。

「ようやくゆっくり愛を交わせる」

顔中に口づけられてくすぐったくて笑うと、ラシードも歯を見せて笑った。

「俺の愛妾《あいしょう》殿は本当に愛らしい」

そっと褥《しとね》に押し倒され、今度はひそやかな声で囁かれた。

「貴方《グラシスノエトブル》は私の全てだ」

もうアーシェはその古語の意味を知っている。

「ラシードさま…」

間近で目を見かわし、微笑《ほほえ》み合うと、ラシードは王であることを止《や》め、アーシェの顔を両手で掬《すく》うようにして口づけた。

「――アーシェ…」

唇を割ってくる熱い舌の感触に、アーシェはたちまち夢中になった。密着した肌が汗ばみ、欲望が膨《ふく》らむ。アーシェも情熱をこめて口づけを返した。

舌を絡め合う濃密な口づけを交わしながら、ラシードがゆっくりと圧《の》し掛かってきた。

薄い夜着《よぎ》を振り捨てるようにして脱ぐと、息を呑むような男性美が現れる。アーシェは自然に両手を伸ばし、愛する人の背に腕を回した。

窓から見えるエドナの流れに夕陽が落ちていき、急にあたりが暗くなった。代わりに床の灯《あかり》がぼうっと室《へや》の中を照らす。

「ラシードさま――」

「おまえはどんどん艶《つや》っぽくなるな」

大きな手に身体中をまさぐられ、アーシェは声を洩らした。ラシードが香油《こうゆ》の瓶《びん》をつかむのを目にしただけで心臓がどくどく強く打ち始める。

「——は……ぁ」

「いい声だ」

「そ、…それは、——あ、ぅ、…」

「それは？」

「ラシードさまが……」

「俺が、なんだ？」

いつも底なしに甘いラシードは、閨《ねや》でだけ少し意地悪になる。それがアーシェにはたまらなかった。性を知らなかったアーシェに快楽を教え込み、受け入れさせたのはラシードだ。

「ラシードさまがいろんなことを…なさるから…」

「ふふ」

アーシェの足を開かせると、蜜《みつ》の匂いのする香油を腿《もも》に垂《た》らす。とろりと肌を滑《すべ》る香油の感触に、アーシェはぎゅっと目を閉じた。次になにをされるのか、もうアーシェは知っている。

「うぅ……」

初めのころは未知の感覚が恐ろしく、身構えてしまっては叱られた。

「おまえに痛い思いをさせるはずがないだろう。怖がらなくていい、アーシェ」

繰り返しそう囁かれ、本当に蕩《とろ》けるような快感ばかりを与えられて、いつしか身体が変わってしまった。目を閉じていても床に置かれた灯がまぶたを通してまぶしく感じる。

「上手になったな、アーシェ」

大きく開いた足をさらに抱えあげられて、ラシードの長い指が奥を探る。しばらくぶりの行為だったが、アーシェはうまく受け入れた。

「そん、なこと…、お、おっしゃらないで…」

「褒《ほ》めているのだ」

「もう、い、いじわるばかり…」

香油が二人の身体を蕩かす。ぬるぬると肌が触れ合い、性感を煽《あお》った。

「──ラシードさま、…、もう、だ、出してしまいそうです」

一度も制限されたことなどないのに、なぜかアーシェは許可してほしくなる。

「お、許しを…」

「少し待て」

珍しくラシードが許さなかった。

もう少しで達してしまいそうになっていたアーシェは、制されて必死で我慢した。許されないことが、なぜか甘美《かんび》だった。

「──ラシードさま、もう、…あ…っ」

「久しぶりだ。おまえの可愛いところをもっと見せてくれ」

興奮した声にも感じてしまう。

ラシードはぐいっとアーシェを抱え上げた。背中からアーシェを抱いて、両足を広げさせる。

「──あ、ぅ……──」

ラシードの胸に頭を預け、アーシェはされるままになった。限界になっていたものを指先でつっと撫でられると、鋭《するど》い快感に足が勝手にがくがく震えた。

「もう、もう…」

「我慢しているのも愛らしい」

「あ、あ──」

「もう少しだ」

「う、う……っ」

「辛いか?」

うなずいたが、息が甘く蕩ける。

「アーシェ…」

「お、お許しください…、もう…」

ラシードの息遣いが荒くなり、不意打ちに乳首を指先で潰された。

「あ」

思いがけない方向からの快感に、我慢する暇もなく決壊《けっかい》した。

ぱたぱたと生ぬるいものが腹や腿を流れる。

放出の快感は長く続き、呼吸が乱れ、目の前がぼやけた。

「は……っ、はあ……」

「アーシェ」

「だ、出してしまいました…」

腰が蕩けるような快楽の余韻《よいん》に、アーシェはぐったりと脱力した。

「ああ、おまえの可愛いところを見せてもらった」

勝手に溢れる涙を、ラシードが優しく拭《ぬぐ》ってくれた。

「たくさん出したな」

からかうような声に愛情が満ちている。

「ラシードさま、…っ」

腰のところにあたる昂《たかぶ》りの存在感に、アーシェは我慢できず身体を反転させ、ラシードに抱き着いた。

「早く、だ、抱いて…、抱いてください」

自分がどんな顔をしているのかはわからないが、目が合ってラシードの瞳に熱がこもった。

ラシードが無言で押し倒してくる。足を抱え上げられ、アーシェは夢中で逞しい身体にすがった。

「アーシェ」

香油の甘い匂いがひときわ濃く香った。いつの間にかなにもかも溶け合うような闇が忍び込んでいる。

「う――……ん、ぁあ……っ」

自分の声が、自分の声ではないようだ。愛する人のものが、身体の奥深くに入ってくる。

アーシェは素直に快感に溺《おぼ》れた。

「ラシードさま、ラシードさま……あ、あ…っ、あ、は……う…」

「アーシェ」

抱きしめ合い、口づけを交わし、奥深いところで繋がり合って快楽を共にする。

今このときだけは何もかも忘れ、ただひたすら愛情だけで満たされた。

「ラシードさま…」

すぐ快楽に流され、なにもわからなくなる。でも、その前に。

立場も年齢も越えて、ただ愛する人に、アーシェは心をこめて口にした。

「貴方は私の全て《グラシスノエトブル》」

＊＊＊

マハヤーディを大国へと押し上げた賢王《けんおう》ラシード・アッワル王の墓は、エドナ河にほど近い旧迎賓館跡にある。

国の伝統様式に則《のっと》った美麗な墓碑《ぼひ》には、王が生涯を共にした初代文化従者の名も刻まれていた。

アーシェ・カル・クシャリアは庶民《しょみん》の出だといわれているが、詳しい出自はわかっていない。文化従者という身分を確立した彼は、ほがらかで公平な人物として知られ、今でもマハヤーディの国民に「詩と物語の父」として親しまれている。

あとがき

AFTERWORD

―安西リカ―


こんにちは、安西リカです。

このたびディアプラス文庫さんから二十四冊目の文庫を出していただけることになりました。これもいつも応援してくださる読者さまのおかげだと感謝しております。本当にありがとうございます……！

今回は本誌の「溺愛特集《できあい》」で書いたお話になります。いつものリーマンものを考えていたのですが、珍しく先にイラストの先生のお名前が挙がり、それがあのCiel《シエル》先生というので頭に血が上《のぼ》って「もうこんなチャンス二度とないかも！　長髪美形攻めだ!!」と無謀《むぼう》にもアラビアンロマンスに挑戦させていただきました。あまり求められていない気がするのですが、Ciel先生に長髪攻を描いていただいて大満足です。その上コメント欄《らん》にラシードと餅《もち》アーシェまで描いて下さって、あまりの可愛《かわい》さに「これ文庫に入れて下さい！」とお願いしてしまいました。

そんな感じでめちゃめちゃ嬉しい一冊になりました。Ciel先生、担当さま始め制作に関わって下さった皆様、本当にありがとうございました。

そしてなによりこの本を手に取ってくださった読者さま。いつも好きなものを好きなように書かせていただき、感謝してもしきれません。これからもよろしくお願いいたします。

マハヤーディの成人男性の
正式な髪型スタイル(?)

この本を読んでのご意見、ご感想などをお寄せください。
安西リカ先生・Ciel先生へのはげましのおたよりもお待ちしております。

〒113-0024　東京都文京区西片2-19-18　新書館
[編集部へのご意見・ご感想] 小説ディアプラス編集部「王様に捧げる千夜一夜」係
[先生方へのおたより] 小説ディアプラス編集部気付　○○先生

- 初出 -
王様に捧げる千夜一夜：小説ディアプラス2021年アキ号（Vol.83）
愛妾の贈り物：書き下ろし

[おうさまにささげるせんやいちや]

王様に捧げる千夜一夜

著者：**安西リカ** あんざい・りか

初版発行：2022 年 12 月 25 日

発行所：株式会社 新書館
[編集] 〒113-0024
東京都文京区西片2-19-18　電話（03）3811-2631
[営業] 〒174-0043
東京都板橋区坂下1-22-14　電話（03）5970-3840
[URL] https://www.shinshokan.co.jp/

印刷・製本：株式会社 光邦

ISBN978-4-403-52565-0